谜托邦

MYSTOPIA

华文推理新大陆
推理迷的乌托邦

方洋 著

双刀

隐没的遗骸

北京联合出版公司
Beijing United Publishing Co.,Ltd.

目录
CONTENTS

第一章　商场爆炸案

白色的烟雾混入黑夜，意识仿佛在白与黑之间弥散开来。一切都像是一场梦，一场无休止的幻梦。

一个男人在狂奔，仿佛身后有无数只野兽在追赶他。他不能停，一旦停下来，就会彻底被黑暗吞噬。

他一直跑，向着光明跑去。这时，他看到光明的入口处站着一个人。那个人穿着黑色的长款风衣，影子被拉得老长。

他停了下来，看着那个穿风衣的男人，喊了一声："豹哥！"

只见这个被他称呼为豹哥的男人举起了手中的枪，黑洞洞的枪口冰冷地对准了他的眉心。豹哥冷笑道："原来你就是卧底！"

没等他解释，豹哥开枪了。

火光从枪口迸溅而出，一颗铜色子弹如同一枚高速运转的钻头，撞破层层空气，以极快的速度，钻入他的眉心。

他如同一只布偶向后倒去，狠狠地摔在水泥地面上。

他睁开眼，从床上坐了起来，大口大口地喘息着，满头是汗。

他叫郭慕刀，今年二十九岁，是一名警察，曾经在贩毒集团做过五年卧底。他擦了擦额头的冷汗，长舒一口气，拿起手机看时间，已经早上七点了。拉开厚重的灰色窗帘，窗外清冷的天光透射进来，照亮了大半个房间。

他转身离开，穿过门外的走廊，走进洗手间开始洗漱。他一边刷牙，一边看着镜子中的自己，俊俏的脸上带着些许玩世不恭的痞气，而从他深邃的充满故事的眼神中可以看出，这股痞气，或许只是为了掩饰他内心深藏着的某些东西。

他冲着镜子摸了摸下巴，嘴角微微上扬，露出了标志性的痞帅笑容。洗漱完毕，他转身离开洗手间，走进厨房，开始做早餐。

两份早餐，牛扒配煎蛋，一份自己的，另一份属于同居的另外一个男人。

早餐做好，端上餐桌，另一个男人从自己的房间走了出来。吴克双，也是一名警察，今年三十岁。他向郭慕刀道了声"早"，进入洗手间洗漱完毕后，来到了餐桌前。

吴克双用筷子挑了挑盘子里的煎蛋，蛋的一面煳得发黑，他叹了一口气，说："你又做那个梦了？"

郭慕刀问："你怎么知道？"

吴克双道："蛋都煎煳了，说明你有心事，八成就是因为那个梦了。"

郭慕刀道："是啊，那五年，就像是一场醒不来的梦！"他话锋一转，"欸，还记得昨晚吗？我撩的那妹子。"

吴克双无可奈何道："记得啊，说什么拉我去喝酒，实际是看上人家女调酒师了，你还说什么，什么机来着？"

郭慕刀痞痞一笑，道："僚机。"

吴克双道："对，你让我当你的僚机。我说你，能不能消停消停，你那肾跟着你都遭罪。对了，后来我喝多了，不记得了，你加上人微信了吗？"

郭慕刀深吸了一口气，道："唉，加是加上了。可惜，鲜花早就插在那什么上了，没意思。"

吴克双道："你呀，少出门祸害那些无知少女，下了班别老往酒吧里蹲，像我一样，没事儿在家看看书，多好。"

郭慕刀道："你看的那书叫什么来着？哦，《孤独一世》。难怪啊，看出了一脸孤独终老的气息。"

吴克双有些语塞，过了好一会儿才道："你呀，一天到晚没个正形，迟早栽在女人手里！"说着，看了看时间，"好了，咱快点吃吧，马上就到上班的点了。"

二人迅速吃完早餐，下楼，上了门口的黑色 SUV。郭慕刀开车，吴克双坐副驾驶座。

黑色 SUV 穿过密集的车流，在半小时后到了市公安局的停车场。市公安局是一幢老式的西洋建筑，红砖墙面上爬满了深绿色的爬山虎。公安局旁边有家便利店，吴克双下了车，照例走进便利店买了杯美式咖啡。便利店的小姑娘名叫田田，笑起来很甜。这姑娘正是吴克双喜欢的类型，但是吴克双这人吧，在这方面有些闷骚，看上人家了也只敢在内心汹涌澎湃，面上却冷静如常。

田田打好了咖啡，递给吴克双："吴警官，您的咖啡，小心，有点烫。"她甜美的笑容令吴克双有些恍神。

这时，身后传来了郭慕刀的声音："爱，就大胆追！爱，就告诉她！"

吴克双回过头，只见郭慕刀吊儿郎当地靠在便利店门口，冲着田田大喊："田田，我们吴大警官，每天来你们店，喝的可不是咖啡啊，而是——"

吴克双着急忙慌地冲上去，一把捂住郭慕刀的嘴，压低嗓门对着郭慕刀耳语道："你在这里裹什么乱？走走走！"

随后，二人走出了便利店。

田田在身后喊道："吴警官，你的咖啡忘拿了！"

这时吴克双已经拉着郭慕刀头也不回地走远了。两人走进市局办公大楼，吴克双这才松手，对郭慕刀道："你刚才几个意思啊？"

郭慕刀道："唉，某些人，明明喜欢人家，连个微信都不敢要，改天我帮你要吧。"

吴克双道："我警告你啊，你别去招惹田田。"

郭慕刀不怀好意地笑了笑，说："怎么着，怕我捷足先登，把你心爱的田田给抢走了？"

吴克双道："你再胡说——"

郭慕刀道："好了，不和你闹着玩了，朋友妻不可欺，我都懂。"说着，还用胳膊肘捅了捅吴克双的腰。

两人走进电梯，来到四楼，这是刑侦支队办公的楼层。市局的支队，一共六十多人，相当于一个派出所的人员数量。但靠近吴克双这位支队队长，以及郭慕刀这位副队长办公室的也就四人。这四个人全都是警司，分别是三级警司胖子贺立群、二级警司瘦子何东维、二级警司女警陈圆圆、二级警司女警胡月。除了陈圆圆，另外三人，吴克双和郭慕刀出警时基本都会带上。

吴克双的警衔是一级警督，郭慕刀是二级警督。

四人见到吴克双和郭慕刀，纷纷敬礼问好："吴队！郭队！"

吴克双不喜欢和下属插科打诨，一个人进了办公室，开始翻阅往年的案卷材料。郭慕刀不一样，他和下属走得更近。贺立群正啃早饭，一手汉堡，一手炸鸡。

郭慕刀走上前去拍了拍他的肩膀道："给我来根薯条。"贺立群递给他，郭慕刀抽了一根，叼在嘴里，像是叼着一支烟。

何东维道："郭队，前天晚上那招 E 闪，你啥时候教教我呗。"

郭慕刀道："欸，祖传秘技，可不轻易教人。你跟着哥一起，哥带你上分就是了。"

何东维道："好嘞，哥！啊不，郭队、郭队！"

陈圆圆道："你们这些男生啊，就知道打游戏。"

郭慕刀道："何东维，说你呢。"

何东维一脸茫然："打游戏怎么了？下班了闲得无聊，不打游戏，还能干啥？"

胡月道："郭队，你也带带我呗。"

郭慕刀道："行啊，下了班，我们三排！"

就在这时，郭慕刀身后传来了一个女孩甜美的声音："请问，吴警官的办公室是哪一间？"

郭慕刀回过头，看到田田手里提着一个袋子，里面应该是那杯咖啡。

郭慕刀道："哟，田田，怎么有空上来坐坐啦？"

田田不好意思道："郭警官，那个，吴警官的咖啡忘了拿，我给他送上来。"

郭慕刀哈哈一笑，冲着吴克双办公室的方向高喊："老吴！老吴！你的梦中情人来给你送咖啡啦！"

被郭慕刀这么一调侃，田田更加不好意思了，脸都红了。她一把将咖啡袋放在一旁的桌子上："郭警官，你帮我给吴警官吧。"说罢，田田便转身匆匆离去了。

吴克双走出办公室，白了郭慕刀一眼，从桌面上提起咖啡快步走进了办公室。

郭慕刀终于将叼在嘴里的薯条吃了下去。

时间一晃到了十点半，陈圆圆桌面上的电话响了起来。陈圆圆平常负责刑侦支队的接警工作，她接起电话，脸色瞬间变了。

半小时前，上午十点，华苑商场。

华苑商场位于市中心繁华的商业区，商场一共五层，整个造型如同蓝色的海浪。商场门口的道路上，来来往往的车流已经堵成了栓塞状。十点钟，正是商场开门营业的时间点。一个男人出现在商场正门对面。此时正是夏天，男人却十分异常，他穿了一件厚重的黑色羽绒服，整个人仿佛被这件羽绒服包裹了起来。

男人满头是汗，自然是热的。他抬头看了眼眼前的华苑商场，之后迈开步伐，穿过车流，来到马路对面，一步步走进了商场。他在商场内行走的每一步，看上去都格外沉重。

刚开门，商场内并没有太多顾客。他就这样来到了商场的中庭，在中庭的一把长椅上坐了下来，之后抬头凝视高高的玻璃穹顶。他不断地深呼吸，像是得了什么病。就这样，他在椅子上足足坐了二十分钟，仿佛在等待着什么。

不一会儿，他站起身来，脱掉了厚重的羽绒服，露出了绑在身上的一圈又一圈炸弹。

他手持引爆器，冲着四周高喊道："我要炸掉这座商场！我要炸掉这座商场！"

靠近中庭的一家奢侈品店内，货架上摆满了名贵的女士挎包。店老板正在货柜前整理商品，这时门外传来了"我要炸掉商场"的喧哗声。她心想，大清早的，哪个疯子在大喊大叫？她走出店门，想要一看究竟，结果便看到一个浑身绑着炸弹的男人向她跑了过来。

女老板吓得转身就跑，高喊着："保安！保安！救命啊！救命啊！"

"炸弹男"追了一会儿便不追了，退回到中庭。随着女老板的高喊声，更多商家走出店门查看情况。两名保安也朝中庭跑了过来。

保安甲看到炸弹男，吓得连退了好几步。保安乙则掏出手机，迅速报了警。

市公安局，接到报警的吴克双和郭慕刀立刻带队出警。警车一辆接一辆驶出公安局大院。防爆特警部队也随之出动。

一支浩浩荡荡的警车队伍，警笛呼啸，朝着华苑商场飞驰而去。

吴克双驾驶的警车行驶在最前面，郭慕刀坐在副驾驶座上。郭慕刀嘴里叼着根牙签，道："你说这年头，怎么还有人玩爆炸？胆子也真够肥的。"

吴克双一边开车，一边道："什么人都有。"

郭慕刀道："八成又是一个愤世嫉俗、报复社会的。"

很快，警车队伍来到华苑商场。警察纷纷下车，掏出手枪，鱼贯进入商场。

防爆特警部队迅速列阵，利用盾牌，在中庭围了一个大圈，将那个炸弹男包围了起来。

炸弹男见状来了精神，大喊着："我要炸掉这座商场！我要炸掉这座商场！"

吴克双兼任谈判专家，他从盾牌墙后面走出来，双手举起，显示自己没有枪，之后道："你好，这位先生，你有什么需要吗？我是来帮你的。"

炸弹男声嘶力竭地大吼道："你帮不了我！我要炸掉这座商场！"

吴克双道："这位先生，请你冷静一下，听我说，有什么需要我们帮助的，我们都能为你解决。"

炸弹男道:"我要你们炸掉这座商场,这座商场下面,埋着一个人!"

吴克双问:"埋着一个人?是谁?"

炸弹男没有回答,似乎已经陷入癫狂:"我要炸掉这座商场!我要炸掉这座商场!哈哈哈哈哈哈!"

随后,炸弹男直接按下了引爆器的按钮。

"小心!"

郭慕刀冲进包围圈,一把抱住吴克双,挡在了爆炸的冲击波前。炸弹男瞬间被炸得四分五裂,冲击波冲散了包围圈。郭慕刀抱着吴克双,冲击波裹挟着烈焰,打在郭慕刀的身上,将他们弹飞了数米远。

在灼烫中,郭慕刀彻底昏迷过去。

吴克双感觉自己的脑子被震得发麻,他来不及管自己的伤势,抱着怀里昏迷不醒的郭慕刀大喊:"郭慕刀!郭慕刀!快醒醒!郭慕刀!救护车!救护车!快叫救护车!"

第二章　沉痛的回忆

梦，漫长、绵延无尽的梦。是怎样的情绪在燃烧？梦里，郭慕刀似乎回到了自己七岁那年。

模糊的记忆中，那天下着很大的雨。那时候，郭慕刀上小学二年级，还是一个爱哭鼻子的毛头小子。

郭慕刀的数学成绩很好，但是语文不行，每次考试，语文都不及格。那天下午，班级测验，班主任汪光明老师安排语文考试。那天的题目很简单，郭慕刀做得很顺利。小学二年级，试卷开始有作文题了。那天的作文是命题作文，叫《我的爸爸》。郭慕刀在作文上卡住了，他的脑海一片空白。他根本没有见过自己的爸爸。

在更为模糊的记忆中，家里曾经有一个男人存在，但那时候，郭慕刀才两三岁大，连那个男人的长相都不记得了，甚至家里连一张那个男人的照片都没有留下。郭慕刀六岁那年，忍不住问母亲："为什么别的同学都有爸爸，我的爸爸去哪儿了？"

母亲刘雪丽说："你没有爸爸！"

郭慕刀急了："不可能！别的同学都有爸爸！我也要爸爸！"

刘雪丽无奈道："你爸去越国打工了，一时半会儿回不来。"

郭慕刀问："那我爸爸叫什么啊？"

刘雪丽道："他去西南方向的国家打工，就叫郭西南吧。"

面对作文题，郭慕刀迟迟无法动笔，最后他开始虚构。在他虚构的那篇作文中，他的爸爸是一个大英雄，是一名警察，破案无数。作文的结尾，郭慕刀说，自己也渴望成为爸爸那样的警察！

第二天，考试成绩公布了。这次，郭慕刀的语文考得很不错，尤其是作文，班主任当着全班同学的面念了那篇作文，号召大家都以郭慕刀的爸爸为榜样。

同学们都对郭慕刀的爸爸敬仰有加，只有郭慕刀自己知道，那全都是他虚构出来的。

很快，班主任组织开家长会，尤其点名郭慕刀一定要请他爸爸郭西南来。同学们都万分期待见到这位大英雄。

可是家长会当天，郭慕刀的父母都没有来。郭慕刀只能硬着头皮对老师说："爸爸正在外地破一个大案子呢，来不了。妈妈也在做生意，很忙。"

实际上，郭慕刀并不知道自己的母亲是做什么的，只知道母亲每天晚上都很晚回家，有时候甚至整夜都不回家，回了家也是一身酒气。他还经常看到母亲往自己的身体里打药，当时的郭慕刀以为母亲病了，每天都需要打药来治病。

母亲总是很晚回家，郭慕刀从六岁开始就学会了自己做饭。

还记得那天晚上，郭慕刀给自己炒了一份番茄炒蛋，吃完之后，就在家里写作业。写完作业，已经很晚了，母亲还没有回家。

他正准备去睡觉，敲门声响了起来。郭慕刀拉开门，却看到门外站着的并不是自己的母亲，而是一名警察。这名警察自称叫吴军。

吴军看上去又高又大，穿着警服，身姿笔挺，完全是郭慕刀想象中的自己爸爸的形象。

吴军对郭慕刀道："你是郭慕刀吧？"

郭慕刀点了点头。

吴军给郭慕刀带来了一个噩耗：郭慕刀的母亲在夜总会陪酒，注射了大量海洛因，猝死了。

郭慕刀的脑子嗡的一下，炸开了，那时候他虽然小，但是早已经明白了死亡的含义。

吴军暂时收养了郭慕刀，等待政府安排孤儿院的收养程序。

吴军带郭慕刀回了家，那是郭慕刀第一次见到吴克双。当时吴克双家里有红白游戏机，吴克双就带着郭慕刀打枪战游戏。

郭慕刀的枪法很精准，走位也很灵活，水平很快就超过了吴克双。一开始是吴克双教郭慕刀打，后来成了郭慕刀带着吴克双玩。

在郭慕刀的记忆里，那是最轻松美好的一段时光。在吴克双的陪伴下，他几乎忘却了母亲的死。

但是，疼痛只能被暂时麻痹，无法永久消失。多少个夜晚，郭慕刀都会梦到母亲的死，那是他脑补出的母亲吸毒过量死亡的画面，那些画面让他多次在睡梦中哭泣。

一个月后，孤儿院的收养手续办下来了，郭慕刀被送进了孤儿院。离开吴军家的那天，吴克双正在学校上课，两人没能见上最后一面。

郭慕刀在孤儿院的日子并不好过，大家都欺负他，那些小伙伴不知道从哪里得知，郭慕刀的母亲是个吸毒者。

"打他！打他！打他！他是吸毒犯的儿子！"为首的那个人叫肖剑邦，十三岁，他带着一群比自己小的小孩，屡次殴打郭慕刀。

郭慕刀承受着这样的暴力，一语不发，很长一段时间里都被大家孤立，性格也变得有些孤僻……

郭慕刀在病床上躺着，还未醒来。吴克双站在病床边，他注意到郭慕刀的眼角有泪水淌了下来。吴克双早就知道，郭慕刀内心隐藏着极深的痛苦，他以一种痞气、轻浮和玩世不恭的态度来掩饰自己不堪重负的内心。

医生说郭慕刀并无大碍，就是有些脑震荡，应该很快就会苏醒。吴克双离开医院，回到市局，开始针对爆炸案展开调查。

市局四楼刑侦支队办公楼层，贺立群、何东维、陈圆圆和胡月正在忙碌着。吴克双走进办公区的时候，何东维站起身来，道："吴队，我们通过监控，截取到爆炸犯的脸，在系统中做了人脸识别，确定了爆炸犯的身份。"

吴克双快步走到电脑前，屏幕上显示着人脸比对结果：这个爆炸犯名叫周骏，四十六岁，是名记者。

吴克双摸了摸下巴："一名记者，怎么会成为爆炸犯呢？"

胡月道："吴队，这点我们也调查过了。据市第五医院反馈，周骏在半个月前，在该医院做了检查，检查出是淋巴癌晚期。医生说，他最多只有几个月的时间可以活了。"

贺立群道:"这样一切都说得通了,得知自己患了癌症,活不了多久,于是就搞爆炸,报复社会。"

陈圆圆道:"一个记者,为什么要报复社会?"

吴克双问:"他是哪家报社或电视台的记者?"

何东维看了看电脑屏幕,道:"《第一都市报》社会新闻版块的记者。"

吴克双道:"何东维、胡月,跟我走一趟,去第一都市报社。"

他们离开市局,上了警车。吴克双坐在后座,何东维开车,胡月坐在副驾驶座。车子一路朝着第一都市报社开去。

几人走后,陈圆圆冷笑一声:"贺胖子,你看看,你成天就知道吃,吴队现在出勤,都不爱带你了。"

贺立群啃着炸鸡腿,道:"吴队不也没带你吗?"

陈圆圆道:"我是接线员啊,我出勤了,万一有电话打进来,谁接啊?"

贺立群道:"喊,郭队每回都会带上我。"

陈圆圆道:"是啊,郭队就喜欢带你这种呆头呆脑的,以凸显他的聪明。唉,说起郭队,也不知道他醒过来没有。"

前往第一都市报社的警车上,何东维边开车边道:"吴队,郭队醒来没有啊?"

吴克双摇了摇头道:"还没呢。"

胡月道:"希望郭队能够尽快醒来,早日归队。"

四十分钟后,警车在第一都市报社的大楼下停了下来。第一都市报社的大楼是一幢十多层的高楼。警车在大楼门口的停车场停下，他们下了车，走进一楼大堂，亮出了警察证，让前台配合。前台领着他们穿过了闸机，乘电梯到了十五层，也就是《第一都市报》社会新闻版块的办公楼层。

社会新闻版块的主编何家儒是一个肥头大耳的光头，他在办公室里接待了吴克双三人。

三人坐在办公室的沙发上，何家儒安排秘书泡好了茶，然后坐在他们跟前。

吴克双道："何主编，有话我就直说了。"

何主编道："您说。"

吴克双道："今天上午发生的爆炸案，你听说了吗？"

何主编道："当然听说了，我们已经派记者第一时间过去报道了，今天晚报的头条就是这条新闻。"

吴克双道："你知道那个爆炸犯是谁吗？"

何主编摇摇头，道："目前我们只知道发生了爆炸，还没有获得爆炸犯的身份信息。"

吴克双道："那个爆炸犯，我们已经查明身份，正是你们《第一都市报》社会新闻版块的记者，周骏。"

何主编大惊失色："你说什么，周骏？"

吴克双道："是的，他今天没来上班，你不知道？"

何主编喝了一口茶，努力使自己平静下来，说："周骏一个月前就从我们这里离职了。"

吴克双问："离职了？请问他为什么离职？"

何主编道："也不是他要离职，他是被我们劝退的。"

吴克双问："你们劝退他的理由是……"

何主编道："这个周骏啊，以前是我们报社的王牌记者。大概五年前吧，他开始执着于调查一件事。"

吴克双问："什么事？"

何主编道："他跟我提起过很多次，说是某个人的失踪有疑点，要我安排报道。但是，我们毕竟是正规报纸，没有证据的事情怎么好报道呢？"

吴克双问："能具体讲讲吗？"

何主编道："具体的，我也讲不清楚，就是一桩已经认定是失踪的案子。那个人都失踪十年了，但是周骏执意要追踪调查，结果我们安排的任务他都置之不理，这样的工作态度怎么像话？报社里的领导找我谈话多少次了，点名要周骏滚蛋，我也极力去争取了，但最后没保住，只能把他劝退了。"

吴克双问："到底是一个什么案子呢？"

何主编道："这样吧，我找找他的博客，他在博客上全都记录下来了，但一直没什么人关注。"

随后，何主编在电脑上搜索出了周骏的博客。

吴克双三人看着博客上的内容，仿佛一下子回到了十年前。

第三章　失踪十年

十年前，2003年，一个叫徐胜男的女孩已经十八岁了。她高高瘦瘦，披着黑色长发，说起话来像邻家小妹一样甜美。只是，徐胜男的学习成绩不好，没考上大学。母亲张素娟在本市江平县开了一家小卖部，高中毕业后的徐胜男，就到小卖部里帮张素娟收银。

小卖部每天都开到很晚，母女俩一般会在店里吃饭，小卖部有个小隔间，里面被改造成了厨房。每天到了饭点，徐胜男都会下厨做饭。这是张素娟特地要求的，说女孩子不能什么都不会，得学会做饭。

那天天空飘着雨，母女俩都很着急，因为已经三天联系不上徐胜男的父亲徐洪兵了。那时候，手机还未完全普及，但是徐洪兵为了方便联系业务，已经用起了当时最新款的翻盖手机。

晚上九点半，张素娟对徐胜男说："胜男，再给你爸爸打个电话吧，再打不通，就报警！"

徐胜男点了点头，用柜台上的座机拨打了父亲的手机，听筒里依旧传来"对不起，您拨打的用户已关机"的忙音。

张素娟深吸一口气，脸上满是担忧。以前也有过打不通徐洪兵电话的情况，即使最长的一次，也就一天半，那次是徐洪兵陪客户喝酒喝多了，手机没电就自动关机了。徐洪兵平常业务繁忙，不接电话是常有的事，虽说如此，但连续三天手机关机找不到人，还是让人觉得反常。

徐胜男又往家里的座机打电话，还是没人接。张素娟心想，徐洪兵会不会已经回家，只是和上次一样醉倒了，所以不接电话。

张素娟对徐胜男道："胜男，我回家一趟，看看你爸回没回家，你爸要是还没回，你直接去派出所报案。"

随后，张素娟打着伞离开，消失在黑夜中。

十五分钟后，小卖部的电话再度响起。徐胜男接起电话，电话那头响起了母亲的声音："直接去派出所报警吧。"

江平县常平派出所离小卖部不到三百米的距离，几乎就在斜对面。

徐胜男见派出所离得近，就没有拨打110，而是直接冒着雨，一路小跑冲进了常平派出所。

"我要报案！"

一进入常平派出所大门，徐胜男就对着前台的两名女警大喊起来。两名警察立马紧张起来。

其中一名女警问："来，坐，什么情况？"

徐胜男在那名女警面前坐下，擦了擦额头上的雨水，对她说：

"是这样的，我爸爸失踪了，已经三天联系不上了。"

随后，徐胜男向女警说明了情况。

徐胜男的父亲徐洪兵当年四十三岁，在江平县的隆昌建筑公司当项目监理。隆昌建筑公司正是市中心那座华苑商场的承建商。当时，华苑商场正在挖地基。徐洪兵负责这个项目的成本控制以及建筑材料购进和建造的监督工作。

女警问："你打电话联系过隆昌建筑公司吗？"

徐胜男焦急地点了点头，道："联系过了，可是隆昌建筑公司也说联系不上我爸爸。"

这时，旁边的一名女警对这名问话的女警说："你看看这个。"

问话的女警看了看旁边的电脑屏幕，片刻后，她一脸严肃地对徐胜男说："你的父亲徐洪兵，很可能畏罪潜逃了。"

徐胜男心里咯噔一下，脑子嗡嗡直响，难以置信道："什么？我爸爸，畏罪潜逃？"

女警点了点头，面无表情道："是这样的，就在两小时前，江平县公安局接到一桩报案，报案的正是隆昌建筑公司的一位负责人。他说你父亲徐洪兵涉嫌挪用公款以及重大贪污腐败，他们公司正在追查这件事情。由于联系不上你父亲，现在县公安局经济侦查大队认为你父亲已经畏罪潜逃了。"

徐胜男急了，站起来道："怎么可能！我爸爸一向廉洁，不可能干出挪用公款的事！"

女警耸耸肩，道："你别激动，目前关于你父亲的事情，经侦队还在调查中，你回去等消息就行了。"

徐胜男回到小卖部，将店门关闭后，直接回了家。

回家后，她将警察说的事情告诉了张素娟。张素娟听完之后，大口大口地喘息起来，面部扭曲，肌肉拧成一团。徐胜男知道，母亲的哮喘病又发作了。

"妈！"

徐胜男立马找到喷雾器，塞在母亲嘴里，按了下去，将缓解哮喘的药喷进母亲的嘴里。

母亲深吸一口气，在药液的作用下，病症终于有所缓解。

徐胜男将母亲扶到沙发上，母亲瘫倒在沙发上，嘴里念叨着："洪兵不是这样的人，洪兵不是这样的人。"

次日一大清早，徐胜男家的门便被敲响了。徐胜男打开门，站在门口的是两名经侦队的公安干警。

两人是来找徐洪兵的，他们表示，隆昌建筑公司已经递交了足够的证据和材料，证明徐洪兵挪用公款涉嫌经济犯罪。这个节骨眼儿上，徐洪兵却人间蒸发，只能说明他害怕受到法律的制裁，畏罪潜逃了。

就这样，徐洪兵失踪了整整十年。

博客读到这里，已经是下午五点了，吴克双的手机突然响了起来，是医院负责看护郭慕刀的警员打来的："吴队，郭队醒了！"

吴克双长舒一口气，放下手机，对何东维和胡月说："你们俩继续留在这里向何主编了解情况。郭队醒了，我得立马去一趟医院！”

“郭队醒啦！太好了！”何东维和胡月异口同声道。随后，两人互相看了看，笑了起来。

吴克双离开报社，驱车直奔医院。下午五点多钟，正是下班高峰期，路上堵成塞子。吴克双花了整整一个小时才来到医院，一路狂奔，来到病房，却见病房内空空如也。

吴克双着急万分："人呢？人呢？"

两名警员支支吾吾。

吴克双质问道："我问你们，郭队人呢？"

其中一名警员结巴道："郭队、郭队，不好意思，吴队，我们没能拦住郭队，他提前出院了！"

吴克双道："我不是跟你们交代过，看好他吗？他现在伤势不稳定，不能出院，得按医生说的，留院观察一周！"

另一名警员无辜道："可是，我们也没办法呀，郭队执意要出院，我们也拦不住啊！"

吴克双立马给郭慕刀打电话，语气焦急："郭慕刀，你去哪儿了？你现在还不能出院，你不知道吗？"

另一头，郭慕刀语带调侃："老吴，你这么着急干什么？难不成是对我有意思？"

吴克双一阵无语："有你大爷的意思啊，你个疯子，你伤还没好，乱跑什么？说，现在在哪儿，我去找你！"

郭慕刀哈哈一笑："我在案发现场呢，来吧。"

随后，郭慕刀把电话挂断了。

案发现场？这个疯子，居然一醒来就跑到华苑商场去了！

吴克双立马离开医院，驱车直奔华苑商场。

四十分钟后，吴克双驾车抵达华苑商场，此时的华苑商场已经被警方封锁。吴克双亮出警察证，进入商场内部，迅捷地朝商场中庭跑去。只见一个身影站在中庭，仰头凝视着玻璃穹顶。

两人一见面，吴克双便冲着郭慕刀怒喝："你是不是有病啊？！"

郭慕刀指了指自己脑袋上的伤，道："我是有病啊。"

吴克双被郭慕刀怼得语塞，片刻后才摇着头，道："我不是说你这个病，我是说你……算了，你不在医院好好歇着，跑这里来干什么？"

郭慕刀环顾四周，问："老吴，你觉得，这个爆炸犯，到底为什么要搞爆炸啊？"

吴克双道："你昏迷的时候，我已经去查了。他叫周骏，是个记者，得了癌症，晚期，一个月前还被报社劝退了，大概是为了报复社会吧。"

郭慕刀摇了摇头，说："为什么是上午十点？"

吴克双一脸疑惑："上午十点，商场开门了啊。"

郭慕刀点了点头，道："是啊，上午十点，商场刚开门，是没什么人的啊！"

吴克双似乎明白了什么："你的意思是说——"

郭慕刀抬抬眉毛,嘴角微微上扬:"凶手如果真的要报复社会,完全可以选择在商场人流量最大的时候。而他却选择在商场刚开门没什么人的时候,还把爆炸地点选在了最开阔的中庭区域,这说明什么?"

　　吴克双恍然大悟:"这说明,他搞爆炸,并不想伤害到无辜群众?"

　　郭慕刀露出了微笑:"是的,老吴,他并不是在报复社会,如果他想报复社会,他完全可以去人流量更大的地方搞爆炸。"

　　吴克双问:"那你觉得,他这么做的用意是什么呢?"

　　郭慕刀伸伸懒腰,打了个哈欠,道:"不行啦,不行啦,我得去吃点东西,喝一杯。"说罢,他转身朝商场正门走去。

　　吴克双在身后一边追赶,一边喊道:"你伤还没好,别喝酒啊!"

第四章　突然注销

郭慕刀是打车来的华苑商场，于是，他上了吴克双的车，坐在副驾驶座上。

吴克双道："我送你回医院。"

郭慕刀摆摆手，道："不回去，不回去，我没事儿了。老吴，我现在肚子饿，能带我去吃点东西吗？"

吴克双深吸了一口气道："行吧，去哪儿吃啊？"

郭慕刀舔了舔嘴唇，做了个被辣到的表情，痞痞地笑了笑，说："自然是老渝火锅！"

吴克双立马敬而远之："不去不去，上次被你带去那家，我嘴巴没事儿，屁股可——"

郭慕刀用不怀好意的语气嘿嘿道："屁股怎么了？"

吴克双把话咽下，说："太辣了，不去不去。"

郭慕刀拍了拍吴克双的肩膀，道："行，那就去吃隔壁那家，老王湘菜。"

吴克双一脸无语："隔壁老王？"

郭慕刀哈哈一笑："不错嘛老吴，最近理解能力见长啊！"

吴克双白了郭慕刀一眼，道："行行行，就去吃那家湘菜！满足你！"

郭慕刀打了个响指："老吴，舍得花钱的男人最有魅力了。"

吴克双心领神会，无可奈何道："好，好，我请，我请行了吧？"

郭慕刀满意地点了点头，道："行嘞，出发！"

吴克双踩下油门，将车开了出去。车子开出去没多远，一个电话打了进来。车载电话屏幕显示，是何东维打来的，吴克双按下免提，接通了电话。

电话那头响起了何东维的声音："喂，吴队。"

郭慕刀道："吴队开车呢！"

何东维惊喜道："郭队，你醒啦！"

郭慕刀问："你有事汇报？"

何东维说："按照吴队的要求，我和胡月完成了对何家儒的问话。"

吴克双道："很好，你稍后整理好发到我邮箱。"

何东维道："没问题，吴队。另外，还有件事，在吴队您去找郭队的时候，有个意外事件发生了。"

吴克双问："什么意外事件？"

何东维道："在您离开后，我们准备继续看周骏博客后续的内容，可是一刷新，发现周骏的博客突然被注销了。"

吴克双的眼皮跳了一下："你说什么，周骏的博客被注销了？"

何东维道："是的，账号内容都没了。"

吴克双问："那你们问何家儒，博客后续写了哪些内容吗？"

何东维道："问了，何家儒说他和我们一样，只看了第一篇，后面的他嫌太长，就没看。"

吴克双深吸一口气，沉默片刻，道："好的，了解了，还有别的情况吗？"

何东维道："没有了，吴队、郭队。"

吴克双道："好的，你和胡月可以下班了。"

何东维道："好的，吴队、郭队！"

电话挂断了。

郭慕刀道："这个何家儒，是那个周骏在报社的领导？"

吴克双点了点头，道："是的。"

郭慕刀问："周骏的第一篇博客写了什么，能给我讲讲吗？"

随后，吴克双花了十分钟时间，为郭慕刀讲述了周骏那篇博客的内容。郭慕刀听完后，表示："你说何家儒口中说的，周骏一直在调查的案子，就是一个叫徐洪兵的人的失踪案，而这个徐洪兵失踪了十年，至今杳无音讯。这跟他搞爆炸之间，有什么联系呢？"

吴克双道："答案应该就在后面的博文当中，周骏全写下来了，可是现在，他的博客突然被注销了，这也太巧了！"

郭慕刀分析道："能够注销用户账号的，只有博客的运营方。运营方的人为什么要在这个节骨眼儿上注销周骏的博客？这后面隐藏着什么不为人知的秘密呢？反过来想，也许正是有人害怕这个秘密被揭露，于是注销了周骏的博客。"

吴克双抿了抿嘴唇，微微颔首表示认可，说："你觉得是博客的运营方害怕周骏博客所揭露的事情败露，所以才注销了周骏的博客？"

郭慕刀摇了摇头，说："如果是运营方，他们早就把周骏的博客注销了。应该是运营方之外的人，通过某种手段，买通了运营方的相关人员，让他注销了周骏的博客。这个人应该是刚发现周骏的博客不久，今天才搞定那个运营方的人。"

吴克双兴奋道："所以，我们只需要去这家博客的运营方，命令他们恢复周骏的博客就行了。一旦查出是谁干的，就可以把他背后的那个人找出来，一切就都真相大白了！"

郭慕刀用手机查询了一下，说："巧了，这家博客的运营公司红星科技，就在本市！"

吴克双道："好，我们现在就去红星科技！"

郭慕刀立马阻拦，道："欸欸欸，我说老吴，我这可还饿着肚子呢，说好了去隔壁老王湘菜馆吃饭，这都快到了！"

吴克双道："行行行，先吃饭。他们这种互联网公司，八成'996'，晚上九点前过去，应该还没有下班。"

十分钟后，车子缓缓停在了老王湘菜馆门口。老王湘菜馆的装潢古色古香，有一种古代客栈的感觉。吴克双和郭慕刀下了车，进了店，在服务员的引领下，找个靠窗的位置坐了下来。

服务员给二人倒上大麦茶。

郭慕刀开始点菜：一份农家小炒肉、一份剁椒鱼头，还有一份臭豆腐、一锅黄鸭叫。

这家店上菜速度很快。没多久，四个菜上齐了。

郭慕刀没有点酒，他要把肝留着，晚上办完案子到酒吧里去喝。

郭慕刀一边用筷子拨弄着碗里的菜，一边冲着面前的吴克双抛了个媚眼。

吴克双抽动了一下嘴角，道："你这，又憋什么坏呢？"

郭慕刀摸了摸下巴，笑出声来："老吴，如今坊间都在流传一件事儿——"

吴克双问："什么事儿？"

郭慕刀道："大家都说，你是个 GAY。"

吴克双一脸无语："GAY？有这谣言也是你传的！"

郭慕刀问："那你都一把年纪了，连个女朋友都没谈过，很难不让人怀疑，嘿嘿嘿嘿！"郭慕刀说着，又摸了摸下巴，整个人笑得肩膀都颤动起来。

吴克双急了，道："我直男！懂吗？不要一天到晚胡说八道！"

郭慕刀哈哈笑了起来："行啦，跟你开个玩笑，我知道你喜欢那个田田，但是一直没勇气跟人小姑娘表白。"

吴克双道："去去去，一边儿去。"

说着，他端起水杯，假装喝水，借此掩饰内心的尴尬。

郭慕刀继续朝着敏感话题戳："老吴啊，平常那方面的问题，你是怎么解决的啊？我也没看见你——"

吴克双问："什么那方面这方面的？"

郭慕刀咂了咂嘴，道："啧啧，装！"

吴克双道："我装什么了我？我说你，吃个饭，怎么这么多废话？你再胡说，我把你塞回医院去。"

郭慕刀道："别别别，我闭嘴，我闭嘴行了吧。"他做了个给嘴巴拉上拉链的动作。

吴克双无奈地喝了口水："一天到晚痞里痞气的，没个正形。"

郭慕刀道："好了，不跟你开玩笑了。说正经的，周骏身上的炸弹哪儿来的，这个得好好查查。"

吴克双道："可能是他自己造的。"

郭慕刀道："我去，自己造，那需要点技术啊！"

吴克双道："已经查到周骏大学本科是学军工的，造炸弹是他的专业。谁知他不喜欢这个专业，毕业后当了记者。"

这顿饭很快结束了。两人离开老王湘菜馆，驱车直奔红星科技。

红星科技公司是一座金字塔状的全玻璃幕墙大楼，此时已经是晚上七点四十分。整幢大楼依旧灯火通明，看来"996"果然名不虚传。

他们将车停在红星科技公司的停车场，走进大厅，来到前台，亮出警察证。前台领着他们来到了十三层，这一层是红星博客的运营部门所在楼层。博客的负责人钱兴隆是个四十多岁的秃顶男人。

钱兴隆在办公室接待了他们，请秘书给他们上了咖啡。

两人自我介绍后，吴克双开门见山："钱总，是这样的，我们这次是为一个账号来的。这个账号的昵称叫'记者周骏',请问您是否知道?"

钱兴隆愣了一下,挠了挠头,尴尬地笑了笑,说:"是这样的,二位警官,我们红星博客的用户数量啊,有一个亿,很大,这种不是很出名的账号,我肯定不清楚啊。"

郭慕刀道:"那就奇怪了,就在今天傍晚,这个账号突然被贵公司注销了,请问这是怎么一回事儿啊?"

钱兴隆礼貌地笑着,回应道:"这,是这样的,郭警官,我们的审查人员每天都会注销大量账号,这些账号多数都是违反了相关规定……"

郭慕刀道:"所以,这个记者周骏的账号也违反了相关规定?"

钱兴隆道:"一般情况下是这样,而且很多时候,都是机器在审查。"

吴克双问:"机器审查,什么意思?"

钱兴隆耐心解释道:"每天会有大量的博文产生,人工审查太麻烦了,于是很多账号内容就交给机器来审查。如果一个账号使用的敏感词太多,机器就很有可能判定它为违规账号,就会把它封禁掉。当然,有时候也会出现误封的可能。"

吴克双问:"那注销或者封禁的账号能恢复吗?"

钱兴隆道:"被封禁的可以,但是被直接注销的就无法恢复了,内容也会被服务器直接删除,找不回来的。"

吴克双问:"负责人工审核的人员,我们能一个个询问一下吗?"

钱兴隆道："当然可以。"

随后，吴克双和郭慕刀对十名审核人员进行了逐一询问，但并没有问出什么结果来。

离开后，回到车上，吴克双问："老郭，你相信钱兴隆说的话吗？"

郭慕刀将一根牙签叼在嘴里道："机器审查误删？鬼才信，这个钱兴隆肯定有问题，没准儿就是他被人收买了，注销了周骏的博客账号。"

吴克双深吸了一口气，道："你的猜测很有道理，但是，我们没有任何证据。"

郭慕刀痞痞地笑了笑，说："证据？只要是他干的，迟早会找到证据。行啦，今天收工啦，你在 HOLA 酒吧把我放下，自己回家吧。"

吴克双一脸严肃："说了不能喝酒，你伤还没好，不然送你回医院！"

郭慕刀道："行行行，今天不喝，老老实实跟你回家行了吧？"

第五章 自 杀

回到家，吴克双打开手机，开始翻看何东维整理好发来的文件，文件内容是他们对何家儒的问话。何家儒的回答没有太大价值，传递的中心思想和之前一样：周骏原本是一个很称职的王牌记者，后来因为调查徐洪兵的失踪案，开始不顾报社指派的任务云云。翻来覆去都是些指责的话，吴克双觉得有些无聊，打了个哈欠。

"下了班，就别想着工作了。"郭慕刀在电视机前玩着游戏机，"来来来，和我一起打游戏。"

吴克双摆了摆手，朝书房走去，从书架上抽出一本书来看。

郭慕刀用手指飞速地摁着手柄上的按钮，冲着书房方向喊道："老吴，你还记不记得，第一次打游戏机，是你教我的，你现在怎么都不玩了？"

吴克双一边翻书，一边道："那时候还小，我早就不打游戏机了。我劝你啊，没事儿多看看书，少打游戏机。"

郭慕刀哼了一声："真是个善变的男人！"

这时，郭慕刀的微信亮了起来，是何东维发来的消息：郭队，三排！

郭慕刀道："哎呀，差点忘了，早上约了小何和小胡三排来着。"

他立马回复：上号！

随后，郭慕刀打开手游，上了号，和何东维、胡月玩得不亦乐乎。

"豹哥！"

"原来你就是卧底！"

"乒！"

郭慕刀从睡梦中惊醒。连着两天了，他都在做这个梦，右眼皮一直跳，俗话说左吉右凶，郭慕刀总感觉这是一种不祥的征兆。

这次，吴克双起得比郭慕刀早，正在厨房里给郭慕刀做早餐。

"卧槽！"

只听厨房传来吴克双一声大喊，郭慕刀立马冲了出去。吴克双面前的锅起火了，火舌升腾而起，都快把抽油烟机给烧了。

吴克双准备去端水灭火。

郭慕刀大喊道："老吴，把水放下，油锅起火，不能用水灭！警校学的你全忘了！"

郭慕刀冲过去，抄起锅盖，一把压下火舌，盖在了锅口上，同时关闭了燃气阀。

火舌熄灭了，郭慕刀长舒一口气，冲着吴克双怒喷："老吴，你几个意思啊，大早上的没事儿干，点房子玩呢！"

吴克双端着手里的水杯，愣愣道："我，我就是看你受伤了，想给你做个早餐。"

郭慕刀擦了擦汗："我去，不是说好了早餐我来做吗？你以后啊，就别碰厨具了，要不是我醒得及时，咱家就变火葬场了！"

随后，郭慕刀重新洗锅，收拾完毕，新煎了荷包蛋，两人便吃了起来。

吴克双也觉得幸亏有惊无险。他在事业上十分干练，唯独在生活上，尤其是做饭这件事，格外"小白"。

两人吃过早餐，出了门，驱车前往市局。来到市局的停车场，吴克双照例去便利店买杯美式。

临下车前，郭慕刀拉着吴克双，道："你这样是不行的，老吴。"

吴克双问："什么行不行的？"

郭慕刀解释道："你得让人小姑娘明白你的意思，不然，迟早被人捷足先登。你得夸人家。你知道我为什么每次都能撩到妹子吗？就是因为我这张嘴，善于发现姑娘的美。老吴，你觉得什么东西最美，你就把姑娘比作什么——"

吴克双不耐烦道："行行行，你先给我上楼去，今天别给我裹乱啊！"

随后，吴克双下了车，朝便利店走去。走进便利店，田田在柜台后面冲他甜美一笑，道："吴警官，你来啦。"

吴克双愣了一下，故作高冷道："咳，还是老样子，来一杯美式。"

田田点了点头："好嘞！"

随后，田田打好了美式咖啡，递给吴克双："吴警官，你的咖啡。"

吴克双接过咖啡，在柜台前站了好一会儿，犹豫不决。

田田抬起头，问："吴警官，怎么了？"

吴克双道："哦，我还没付钱。"

田田这才反应过来："噢噢噢，对对对，还没付钱呢。"

付完钱，吴克双依旧站在柜台前，犹豫着什么，想着该怎么夸赞一下田田呢？但纠结了半天，他就是开不了口。

田田一脸疑惑，看着吴克双，道："吴，吴警官，还有什么问题吗？"

吴克双端着咖啡，摇了摇头，脸红道："没什么，没什么。"说着，喝了口咖啡掩饰尴尬，"咖啡不错，走了。"

田田站在柜台后面，看着吴克双匆匆离去的背影，轻轻咬了咬嘴唇，捂着嘴笑了起来。

吴克双走进公安局办公大楼，来到四楼，郭慕刀站在电梯口，不怀好意地笑着，说："怎么样，按照我的方法，是不是马到成功了？"

吴克双白了郭慕刀一眼，道："你出的什么馊主意？"随后，朝着办公区域走去。

"欸，不对呀？我这方法，百试百灵啊。"郭慕刀摸了摸下巴，随后追了上去，"喂，你是怎么跟人姑娘说的啊？"

吴克双没有搭理郭慕刀，径自来到办公区域，问何东维道："小何，昨晚让你查的，查到没？"

何东维点了点头道："查到了，吴队！"

吴克双问："情况如何？"

何东维汇报说："我查到我市江平县公安局记录的一起案件。一周前，徐胜男在江平县的一幢烂尾楼坠亡，江平县公安局判定其为自杀。"

吴克双深吸一口气，道："何东维、胡月，跟我和郭队走一趟，去江平县。"

郭慕刀笑了笑，说："把贺立群也带上吧，多个人，热闹。"

贺立群正在吃炸鸡，听了整个人立马来了精神，站起身来冲郭慕刀敬了个礼："是！"

五个人离开公安局，上了警车。何东维开车，胡月坐副驾驶座，吴克双、郭慕刀和贺立群挤在后座。

警车一路朝着江平县开去。

在车上，贺立群一个人能够占两个人的位置，挤得郭慕刀和吴克双苦不堪言。此时，郭慕刀终于明白，为啥每次出勤，吴克双都不愿意带上贺立群了。贺立群实在是太胖了，一辆警车有了他，马上显得拥挤不堪。

但是郭慕刀很乐意带上贺立群，倒不是像陈圆圆说的那样，为了凸显自己聪明，而是因为郭慕刀觉得，不能因为贺立群胖，就歧视他，应该给他更多出外勤的机会，这样才能得到锻炼。更关键的是，郭慕刀知道，贺立群那是大智若愚，平常看着呆头呆脑的，实际上只是肥胖的外表掩盖了他的智慧，他有一项特殊技能，这案子刚好用得上。

一个小时后，警车终于抵达江平县，在江平县公安局门口停了下来。江平县公安局刑侦大队队长马尚国亲自迎接。

马尚国站在县公安局门口，冲郭慕刀和吴克双敬了个礼，道："接到通知，我就在这里等候二位领导了，来，里边请，里边请。"

马尚国领着吴克双、郭慕刀一行人进了县公安局，来到三楼的刑侦大队队长办公室。

马尚国安排下属给他们倒茶，之后搓了搓手，问："不知道吴队和郭队大驾光临，来到咱们江平县，是为了什么案子啊？"

吴克双直截了当道："我们这次来，是为了徐胜男的坠亡案。"

马尚国道："一周前的那起案子啊，那案子没什么可查的，是自杀。"

郭慕刀喝了口茶，问："我们能看下尸检报告吗？"

马尚国点了点头，道："当然可以，当然可以，我这就让法医给二位领导送过来。"

马尚国拨打了一个电话："小陈啊，啊，对，一周前徐胜男的那个案子，你把尸检报告拿过来吧，市局来的领导，要查看。"

五分钟后，门外传来了脚步声，小陈将尸检报告送了上来。

马尚国将尸检报告递给郭慕刀和吴克双，道："二位领导请过目。"

吴克双和郭慕刀开始查阅尸检报告。尸检报告显示，死者的死亡时间是一周前的深夜十一点半，从三十米以上高度坠亡，现场并无搏斗痕迹，故死因判断为自杀。

吴克双看完报告后，对马尚国道："听说，徐胜男是从县里的一座烂尾楼坠亡的？"

马尚国点了点头，道："是的。"

吴克双问："能带我们去看一下吗？"

马尚国道："没问题，当然可以，我们这就出发！"

一行人离开县公安局，上了一辆依维柯警车，朝着那座烂尾楼开了过去。

县城不大，十分钟后，车子就抵达了那座烂尾楼。

这是一幢十层高的楼，每层高三米，一共三十来米高。由于是烂尾楼，并未完工，所以整个楼体都是外露的钢筋混凝土框架结构。

他们下了车，朝着烂尾楼走去。

烂尾楼正面的地上，还残留着一摊暗红色的血迹，可以看出，此处便是徐胜男的坠亡点。

贺立群盯着地上的血迹看了片刻，又抬头看了看烂尾楼的楼顶，然后掏出纸笔，在纸上算了起来。

郭慕刀一把搭住贺立群的肩膀，问："你在写什么呢？"

贺立群道："我在计算距离。"

郭慕刀道："哈哈，我带你来，就是这个目的，好好算，看看距离对不对。"

五分钟后，贺立群道："算出来了，距离大了。根据验尸报告，死者徐胜男的身高是 165 厘米，体重 90 斤，坠亡高度三十米，也就是从楼顶跳下来的。根据我的计算，如果她直接从楼顶跳下来，落地的距离，最大不会超过四米。据我目测，徐胜男的落地点到大楼的距离，接近五米远。这中间必然有一个加速度，这个加速度要么来自死者本人的奔跑，要么就是被人推下来的。"

　　马尚国上下打量了贺立群一眼，道："你怎么就这么确定？"

　　郭慕刀哈哈一笑道："小贺啊，可是物理高才生，计算这种什么加速度、抛物线之类的事情，是他的专长。据他推算，死者要么是被人追赶跳楼，要么就是被人推下来的。对了，你们县公安局是如何判断自杀的？"

　　贺立群一脸尴尬道："哎呀，郭队，我哪儿是什么物理高才生啊？"

　　郭慕刀拍了拍贺立群的肩膀，道："我说你是你就是。"

　　其实贺立群在警校的成绩很差，但是，郭慕刀留意过贺立群的试卷。在众多题目当中，有一道大家都没做出来的题目是判断案件中的死者是自己跳楼还是他杀，其中就涉及加速度和抛物线的运算，只有贺立群做对了。这点连吴克双都没注意到。在吴克双眼里，贺立群一直都是个平平无奇的吃货。郭慕刀正是看中了贺立群能够做对这道难题，才把他调进四人组里的，外人还一直以为郭慕刀是看中了贺立群憨憨的气质，便于使唤。

　　马尚国一脸严肃道："郭队，我们可是按照正常程序来的。勘查了现场，没有任何搏斗痕迹。再说，这四五米的距离，也差不了太多，没准儿风大吹的呢！你要说这物理，什么抛物线、重力加速度，哎呀，我们这号人，当年上学的时候就没学好，也不会算啊。"

吴克双问："那假人模拟做了吗？"

马尚国为难道："吴队，这案子，没必要做假人模拟吧？"

吴克双道："也就是说，没做？"

马尚国道："这，我们这县公安局，条件有限，没有匹配的假人啊。"

吴克双面无表情，对胡月道："小胡，打电话给市局，问问看，局里有没有身高165厘米、重量90斤的假人。"

胡月立马打电话，十五分钟后，市局回电，说有一个165厘米、85斤的假人。

吴克双道："没问题，加个五斤重的沙袋就行，让他们快点送过来。"

两个小时后，假人运到了。

随后，他们将假人搬到楼顶，开始做测试。一开始让假人直接坠落，测试了三次，发现落点都不会超过四米。后来测试用力将假人推下去，果然，假人落地后，摔在了五米远的距离。

郭慕刀和吴克双推翻了县公安局刑侦大队的判断，认定死者是被人推下楼的。可是烂尾楼附近并没有监控，所以，无法通过天网系统判断到底是谁将徐胜男带上了楼，之后从楼顶把她推下来，伪造了自杀现场。

马尚国立马道歉："哎呀，领导，这确实是我们工作疏忽——"

吴克双摆了摆手,冷冷道:"好了,不用再说了,这个案子,上升为刑事案件,我们接手了。"

目前基本确定,徐胜男是被人杀害的。可是,是谁杀了她,杀人动机又是什么呢?

郭慕刀开始大胆假设:"我是这么联想的。周骏一直在调查徐胜男的父亲徐洪兵的失踪案,说明周骏和徐胜男是认识的。徐胜男的死和周骏在商场的爆炸案,相隔时间不到一周,爆炸案发生的当天下午,周骏的博客就被强制注销了。这一连串事件之间,一定有着锁链一般的关联。"

吴克双深吸了一口气,道:"是啊,这背后似乎隐藏着一只看不见的手,这只手织了一张无形的大网,似乎想要掩盖某个见不得人的秘密,而这个秘密正和徐洪兵的失踪有关!"

听到这里,马尚国咬了咬牙,说:"提起徐洪兵的失踪,徐胜男也是挺执着的。"

吴克双转身面向马尚国,问:"怎么说?"

马尚国道:"她往我们县公安局的邮箱里发了不知道多少封邮件了,要求我们重启对他爸失踪案的调查。"

吴克双问:"那你们是什么态度?"

马尚国道:"我们不是没有查,我们一直在查。她爸徐洪兵因为涉嫌挪用公款,畏罪潜逃了,我们至今都没抓到人。可是这个徐胜男呢,坚持认为她爸是被冤枉的,甚至认为她爸被人杀害了。"

吴克双警觉起来:"被人杀害了?她提供什么证据了吗?"

马尚国道:"就是因为没有证据,我们才无法立案啊。为这事儿，我们专门找过她，要她提供相关证据，她提供不出来。关于她爸遇害这事儿，肯定是她自己凭空猜测的。我们总不能靠猜测来办案吧。但是她不依不饶，整个人都有些疯魔了。所以，我们一开始做出了自杀的推理，猜测她的自杀动机就是这个，人一执着就容易走向偏执，走向极端。"

吴克双突然意识到了什么，"那她应该也给我们市局的邮箱发过邮件。"他急忙转身问何东维，"我们市局负责管理邮箱的是谁？"

何东维道："我查查。"他打开手机查询起来，很快查到了，"是刘东。"

吴克双道："快联系这个刘东，让他查询一下邮箱，看看有没有收到过徐胜男的邮件。"

何东维立即打电话联系刘东，让刘东查询。刘东回复说，的确收到过十五封署名徐胜男的邮件。

吴克双问为什么不上报。刘东说他查询过了，徐胜男的父亲徐洪兵涉及的是一起单纯的畏罪潜逃的失踪案，和凶杀案无关，并且徐胜男没有提供任何实质性证据，只是个人猜测，所以达不到立案条件，就没有向上汇报。

刘东将十五封邮件汇总后，发到了吴克双的邮箱。经过对比，和发给县局的邮件是一致的。

这十五封邮件，连成了一个故事。一个令人绝望的故事。

简单概括如下：

十年前，徐胜男的父亲徐洪兵失踪后，母亲张素娟很快便因为哮喘病发作，在家中离开了人世。

为了还父亲一个公道，她开始给县公安局写信、发邮件，甚至亲自上门要求重新调查。徐胜男给市领导写了很多封信，信的内容基本都是希望警方能够调查父亲失踪的真正原因。但这些信全都如泥牛入河，石沉大海。

很快，她开始想办法联系媒体，给市里大大小小的媒体都发了邮件。

直到五年前，有一个叫周骏的记者接到信后，觉得徐洪兵的失踪有诸多疑点。周骏认为，一个人即便是因为挪用公款畏罪潜逃，也不至于这么多年都找不到人，仿佛人间蒸发一般，于是周骏大胆推测——徐洪兵在失踪当年就已经被人杀害了。他决定帮助徐胜男调查此事，在这个过程中，两人互生好感走到了一起，成了男女朋友关系。

两人持续调查此事。

最后一封邮件，发自徐胜男死亡的前三天。

邮件中说：周骏经过一系列周折，终于找到了当年唯一的目击者，那位目击者名叫罗森，是当年参与华苑商场建筑开发的一名工人。在给了罗森一大笔钱后，罗森坦言，自己当天深夜确实看到一辆车停在了建筑工地门口，有两个人下了车，抬着一具尸体，把那具尸体扔在了地基里，然后半夜启动推土机，把尸体给埋了。

邮件的结尾写道：我的爸爸徐洪兵，就被埋在华苑商场下面，必须炸掉华苑商场，挖出我爸爸的尸骨，还他一个公道！

读完邮件，马尚国道："你说说，你说说，炸掉华苑商场，这怎么可能嘛！"

郭慕刀给出分析："炸掉华苑商场！我终于理解记者周骏的行为了。徐胜男被人杀害，判定为自杀，周骏报案无门，又查出癌症晚期，于是弄了炸药，到华苑商场引爆，想要将事情闹大，引起全社会的关注。没错，他不是在报复社会，他特地选择在华苑商场引爆炸弹，是因为他认为徐洪兵的尸体被埋在华苑商场下面！他以这种极端的方式来告诉我们这一点！他知道我们会因此调查他，去看他的博客，他甚至认为自己的博客会因此火爆起来，只是他没想到，他的博客在事发后就被人直接注销了！"

吴克双倒吸一口凉气，道："如果真的如你推理这般，那这背后的水实在是太深了！"

郭慕刀笃定道："假设邮件的内容是真的，我们假设周骏和徐胜男的推测是正确的，那么，我现在必须要做两件事。一件是找到邮件里提到的这个名叫罗森的人；另一件就是彻查华苑商场的承建方隆昌建筑公司！没准儿徐洪兵的失踪和徐胜男的死，都和隆昌建筑公司有关，只要按照这个方向侦查下去，一切问题都会得到答案！"

第六章　父亲之死

　　吴克双一行，通过江平县公安局系统，查找这个名叫罗森的人，但是全国叫罗森的实在是太多了。想要搞清楚这个罗森究竟是谁，还是需要到隆昌建筑公司调查当年建筑工地的人员名单。而隆昌建筑公司，在五年前已经从江平搬到了市区。

　　已经是晚上七点，建筑公司早已下班，吴克双一行决定明天上午前往隆昌建筑公司进行调查。

　　一个小时后，吴克双一行驱车返回市区，把警车停在市局，便各自下班回家去了。

　　吴克双和郭慕刀下了楼，郭慕刀看了一眼便利店，便利店的灯光还亮着，田田正在柜台后面收银。

　　郭慕刀拍了拍吴克双的后背，指了指便利店，道："话说，你早上到底是怎么夸人家的？我不是跟你说你认为什么最美就把人姑娘比作什么吗？"

　　吴克双看了眼便利店，想起早上尴尬的情形就来气，说："你烦不烦？我就是去买了杯咖啡而已。"

郭慕刀指了指田田旁边那个梳着中分的男人，道："欸，那男的，什么情况？之前没见过啊。"

吴克双打了个哈欠："应该是店里新招的店员吧。"

郭慕刀故意一惊一乍道："哎呀，糟了，老吴，这怕是要被人捷足先登了！你想想，这感情是怎么培养的？日久生情啊。这新来的小鲜肉，和田田朝夕相处，四目相对，那必然是——"

吴克双推了郭慕刀一把："那必然是你大爷，我去买杯咖啡。"

郭慕刀嘿嘿一笑："对对对，快去买杯咖啡，侦察侦察。"

吴克双快步走进了便利店。

田田见到吴克双，热情道："吴队，你来啦。"

吴克双点了点头，道："来杯，来杯美式。"

"哦，好嘞！"

一旁的小鲜肉开始为吴克双打咖啡，吴克双咳了一声，道："姓名！"

小伙子愣住了，看了看田田，田田也愣住了。小伙子看吴克双穿着警服，对吴克双道："这位警官，您，是在问我吗？"

吴克双问："姓名，快回答！"

小伙子蒙了，磕巴道："我，我叫霍刚。"

吴克双仿佛审犯人一样："年龄！"

霍刚回答："十，十，十九岁。"

吴克双问："十九岁不好好在学校读书，怎么跑到便利店来打工啊？"

霍刚道："这，这不是，兼职，兼职吗？"

吴克双"哦"了一声，依旧一脸严肃："勤工俭学？"

霍刚点了点头，道："是，是啊。"

吴克双心想，田田今年二十五，霍刚这小子才十九，田田应该不喜欢比自己小六岁的男生吧？

吴克双道："学生，就要以学业为重，不能早恋哦。"

霍刚道："大，大学生不算早恋吧？"

吴克双眨了眨眼，严肃道："抬杠是吧？"

霍刚摆了摆手，道："没有没有，警官，您到底想说什么啊？我就是来做个兼职，您没必要拿我当犯人审吧？"

吴克双端起咖啡，喝了一口，道："没什么，例行询问。小伙子，你要加强自己的思想建设，工作归工作，可不能越界啊！"

霍刚似乎明白了什么，看了眼田田，对吴克双说："您是吴克双警官吧？"

吴克双一愣："你怎么知道我全名？"

霍刚道："这，田姐都跟我说了，放心。大哥，我不会和你抢田姐的，如果我和你抢田姐，你就地把我枪毙了！"

田田和吴克双异口同声道："你胡说八道什么呀？"

田田和吴克双互相对视一眼，唰的一下全都脸红了。

田田咬了咬嘴唇，道："哎呀，不好意思吴警官，这，小霍尽乱说话。"

霍刚道："我哪儿乱说了，田姐你分明——"

田田一把捂住霍刚的嘴巴，道："好了好了，你，你，你去收拾货柜去。"

吴克双不好意思道："哎呀，我，我还有事儿，先走了。"

随后，吴克双快步走出了便利店，朝着黑色 SUV 走了过去，上了车。郭慕刀已经在驾驶室等候多时了。

吴克双一上车便催促："快快快，开车。"

郭慕刀将车开了出去，边开边问："什么情况？你脸怎么红得跟关老爷似的？"

吴克双故作镇静，晃了晃手里的咖啡，道："买了杯咖啡而已。"说罢，靠着车窗，嘴角不自觉地露出了笑容。

郭慕刀哈哈一笑："看来要成了，某人真是春风得意啊！什么时候洞房花烛呀？"

吴克双笑骂道："去你的，满脑子想些什么呢？！"

四十分钟后，黑色 SUV 在城市繁华的夜色中穿过拥挤的车流，终于回了家。回到家，打开门，意外地发现家里有人，一看，竟然是吴克双的母亲王茹。

王茹是一名小学语文老师，今年已经五十四岁了，但看上去很有气质。吴克双小学的时候，王茹就是他的班主任，在母亲的熏陶和调教下，吴克双的成绩非常好，一直到了高中，成绩都名列前茅。

吴克双永远都记得高二那年生日的那一天。那天上午数学测验，下午成绩就公布了，吴克双考了满分，这是他给自己最好的生日礼物。

那天是周五，吴克双所在的高中，周五不用上晚自习。下午六点放学后，一辆车停在校门口。吴克双很高兴，爸爸终于来接他放学了，于是兴冲冲地上了车。

吴军开车，吴克双坐在副驾驶座上。

吴克双高兴地给爸爸展示了自己的数学试卷："爸，满分，我今天数学考了满分。"

吴军哈哈一笑，一只手握着方向盘，另一只手摸了摸儿子的脑袋，高兴道："我儿子就是聪明！以后报考警校，当个警察！"

吴克双噘了噘嘴："爸，我不想当警察，我想考个好大学。"

吴军摇了摇头，说："警察学校怎么就不是好大学了？我记得你上小学那会儿，就说自己想和爸爸一样，当个警察，怎么现在变卦了？"

吴克双盯着自己的数学试卷，道："你一直都忙，我小时候你就是这样，到处办案，根本不着家。你说，这么些年，你给我过过几次生日？"

吴军满脸苦涩："爸爸今天好好给你过个生日。"

随后，车子开到一家酒店，他们进了包间，一家人都到齐了。

正要切蛋糕点蜡烛许愿的时候，吴军的手机响了起来，他接起电话："什么，好好！我马上到，马上到！"

吴克双不依："爸，你今天说好要给我过个生日的，这蛋糕都还没切呢！"

吴军道："你们先吃，我办完案子，立马赶回来！"

说着，吴军便急匆匆地离开了。

吴军这一去，就再也没有回来。

当晚九点，下起了暴雨，一家人都在酒店等待吴军，蛋糕也没有切。最终，王茹等来了一个电话——一个噩耗：在扫黑除恶的行动中，吴军被一名黑社会混混儿用刀捅伤腹部，人已经送到了医院。

一家人立刻前往医院，在手术室前焦急地等待着。

当晚，吴军所在支队的警察都来了，把手术室外的走廊挤了个水泄不通。

最后，手术室的门打开了。

王茹第一个扑向医生，问："怎么样了？我老公情况怎么样了？"

医生只是摇了摇头，说："我们尽力了。"

一家人哭成一团。

他们找到了吴军的遗书。吴军知道自己从事的行业很危险，随时都有可能付出生命，所以老早就写好了遗书，在遗书中，他希望儿子将来能和自己一样，当一名称职的警察！

为了满足父亲的遗愿，从那之后，吴克双便将当一名警察作为自己的目标。高考时，他便报考了警校。

王茹做好了饭菜，吴克双和郭慕刀落座。

郭慕刀拿起筷子，道："尝尝阿姨的手艺！"忙夹了一筷子牛肉送到嘴里咀嚼起来，接着竖起了大拇指，"阿姨手艺真棒！"

王茹笑了起来："小郭啊，喜欢吃就多吃点儿，别像双一样，从小就挑食。"

吴克双道："妈，我哪儿挑食了啊？我可喜欢吃您做的菜了。"

王茹哈哈一笑，给吴克双夹了一筷子肉，说："这才是妈的好儿子。"

几个人吃着菜，王茹突然说："双啊，其实这次妈过来，是有事儿要跟你说。"

吴克双问："啥事儿啊，妈？"

王茹道："那个肖阿姨你还记得吧？他有个女儿——"

吴克双立马打断道："妈，你可打住吧！我可不想再相亲了。"

王茹道："你呀，也不是我说你，你妈我容易吗？把朋友家的女儿都给你介绍了个遍，你倒好，每回都像审讯犯人一样，把人家给吓跑了。对待姑娘家，得温柔。你说是不是啊，小郭？"

郭慕刀连连点头："是啊，是啊，阿姨说得太对了！"

吴克双拍了拍郭慕刀："你老老实实吃你的饭，瞎搭什么话？"

郭慕刀委屈道："这不阿姨问我吗？"

王茹对吴克双道："双啊，你也老大不小了，该成家了。什么时候，我安排肖阿姨的闺女和你见一面。她闺女挺不错的，香港大学毕业，在外企工作呢，事业稳定，收入也高，主要是长得也水灵，来，给你看看照片。"说着，掏出手机，就要给吴克双看照片。

吴克双道："妈，照片就不看了，我相信您的眼光，只是我这还有案子要办呢！"

王茹道："那就等你把案子办完！双啊，这姑娘真不错，不要错过了，那可就后悔了！"

吴克双道："妈，知道，知道，等我办完案子哈！"

第七章　HOLA 酒吧

吃完饭，吴克双和郭慕刀帮着王茹收拾碗筷。收拾好后，郭慕刀的酒瘾上来了，他决定去常去的 HOLA 酒吧喝酒，于是朝着玄关走去。

吴克双一把拦住他："你是不是又要去喝酒啊？"

郭慕刀道："哎呀，我就是出去逛一逛，透透气。"

吴克双道："你伤还没完全好，不能喝酒。"

郭慕刀点了点头，道："知道，知道，不喝酒。哎呀，你妈来了，你好好陪你妈说说话，都多久没见了。"

这时，吴克双身后传来了王茹的声音："双，过来陪我看会儿电视。"

郭慕刀道："阿姨叫你呢。"

吴克双回过头，对王茹道："好，妈，马上来。"随后，转头看着郭慕刀，警告道："不准喝酒啊！"

郭慕刀做了个乖巧的表情："不喝，不喝。"随后拉开门走了出去，关上门后又低声来了句："不喝才怪。"

吴克双和郭慕刀家附近有一条酒吧街。每天深夜，酒吧街外都停满了豪车。各色型男靓女穿着时髦的衣服聚集于此，城市的夜生活在这里得到了充分的展现。

郭慕刀最喜欢去的 HOLA，位于整条酒吧街的正中央，浮夸的英文招牌在夜色中闪闪发光。

郭慕刀走进酒吧街，朝着 HOLA 走去，迎面便看到一个梳着飞机头的男人扶着一个已经醉得不省人事的女人朝酒吧街外走去。

"'捡死鱼'？"

郭慕刀立马冲上去，将他们二人拦下来，掏出警察证："警察，把身份证拿出来给我检查一下。"

男人掏出身份证给郭慕刀过目，郭慕刀看了看身份证，问："这女的，和你认识吗？"

男人紧张道："我，我女朋友。"

郭慕刀狐疑地上下打量这个男人，这时女人身子微微颤了一下，嘴里呢喃道："我不认识他，我不认识他！"

男人一脸尴尬，将女人推到郭慕刀怀里，上了自己的豪车，扬长而去。

郭慕刀搀扶着这个女人走进 HOLA。今天的 HOLA 很冷清，调酒师是一个梳着马尾辫的大妹，名叫郑可心，她一见到郭慕刀便道："哟，郭警官，人家捡死鱼都是往酒吧外捡，你怎么还往咱酒吧里边送啊？这姑娘还能喝吗？"

"去去去，这姑娘我不认识。"

郑可心擦着杯子，阴阳怪气道："那是，捡死鱼要是认识，那还能叫捡死鱼吗？"

郭慕刀哭笑不得："刚才这妹子差点被别人捡死鱼了，我给拦了下来。快快快，帮我把她送到你们休息室去，给她弄点醒酒的。"

郑可心道："好嘞！刚好煮了醒酒的鸡汤。"

郑可心帮郭慕刀将这个女孩送到了休息室。之后，郭慕刀坐在吧台，不一会儿郑可心回来，问郭慕刀道："今儿喝点什么啊？"

郭慕刀说："老样子，'在云端'。"

郑可心问："你怎么每回都喝这个啊？"

郭慕刀痞痞地笑了笑，说："因为我想呼吸你的呼吸。"

郑可心故意做了个恶心的表情，"少来啊，土味情话我可听多了，能不能来点新鲜的？"说着，给了郭慕刀一记小粉拳，"等着啊，这就给你做去。"

"在云端"基酒用的是苏格兰单一麦芽威士忌，然后混合了橙汁，是鸡尾酒里比较烈性的一种。"在云端"的灵魂，便是最后那一口烟。调酒师会吸一口烟，之后将烟雾徐徐吐进酒里，营造一种漫步云端的感觉。

所以，郭慕刀才会说"想呼吸你的呼吸"。

郑可心做好了"在云端"，放在郭慕刀面前，两人有一句没一句地聊了起来。

很快，酒吧里来了新的客人，郑可心去给别的客人调酒了。

郭慕刀一边喝着"在云端"，一边听着酒吧舞台上一支四人乐队正在唱的摇滚乐。那摇滚乐格外喧嚣。

郑可心忙完了别的客人，回到郭慕刀面前。郭慕刀吐槽道："我说可心啊，你们老板最近是不是穷得没钱了？"

郑可心看了看身后一酒柜的洋酒，道："这话从何说起啊？是酒不好喝，还是……"

郭慕刀指了指舞台上的乐队，说："唱得太难听。"

郑可心哈哈一笑，道："你也这么觉得？是难听，我都跟老板反映过好几回了，咱店里最近生意不好，估计都是被这噪声给耽误的。不过你别着急啊，待会儿他们就走了。他们走之后呢，有个新来的姑娘，你指定喜欢。"

这时，郭慕刀杯子里的酒喝完了，换了一杯格兰威特18年单一麦芽威士忌。

郭慕刀用指尖拨弄着玻璃杯内的球状冰块，等待着噪声结束。

不一会儿，释放噪声的乐队下去了，换了一个白衣女孩上台。

白衣女孩看上去二十来岁，给人一种如沐春风的感觉，正是郭慕刀喜欢的类型。

女孩自我介绍道："大家好，我叫欢颂。"

欢颂开始唱歌，她唱的歌以民谣为主。欢颂的嗓子有些沙哑，沙哑中又带着一丝清亮，十分符合民谣的质感。

郭慕刀凝视着舞台上唱歌的欢颂，有些入迷。

突然，一个浑身刺青的混混儿上了台，拉住欢颂的手，想要非礼她。

"啊——放开！你给我放开！"

"来嘛，陪爷好好玩玩儿！"

郭慕刀立马冲上舞台，三下五除二，将那个小混混儿打倒在地。

"哎哟喂！"小混混儿跌下舞台，摔了个狗吃屎。很快，他转身对着另外四个混混儿大喊道："还等什么呢，一起上啊！"

几个混混儿一起冲上舞台，郭慕刀立马亮出警察证，声明自己是警察。

"警察？！"几个混混儿立马慌乱起来，"走！"

领头的混混儿喊了一声，一群人慌不择路地逃跑了。

随后，郭慕刀转身看了看身旁的欢颂："你没事儿吧？"

欢颂摸了摸自己被混混儿抓红的左手手腕，道："还好，没事儿了，谢谢你救了我。"她凝视着郭慕刀的脸，愣了好一会儿，说，"你刚才说，你是警察？"

郭慕刀伸出手，要和欢颂握手："是啊，我叫郭慕刀，很高兴认识你。"

欢颂点了点头，没有和郭慕刀握手，而是说："嗯，再次感谢你救了我！"

接着，欢颂便匆匆跑出了酒吧。

"你也有撩妹失败的一天啊，哈哈！"吧台后面，郑可心擦着杯子，语调升高了八度。

郭慕刀摆摆手，道："去去去，我这叫英雄救美。"

郭慕刀喝完酒，摇摇晃晃地回了家，此时已经夜里一点了，吴克双和王茹还没有休息，正在沙发前聊家常。

吴克双闻到郭慕刀一身酒气，说："喂，不是说好了不喝酒的吗？"

郭慕刀尴尬地笑了笑，打算溜之大吉："我去洗澡了！"

很快，郭慕刀就洗洗睡了。

躺在床上，听着门外吴克双和王茹有说有笑，他想起自己的母亲刘雪丽。脑子里再度闪现出刘雪丽吸毒过量死亡的画面。郭慕刀此刻非常羡慕吴克双有母亲陪伴，如果自己的母亲还活着，那该多好啊！

第八章　同学之死

　　家里只有两间卧室。凌晨两点，吴克双让母亲王茹到他的卧室去睡觉，自己则去了郭慕刀的卧室。本想和郭慕刀挤一挤，但是一想到郭慕刀已经睡着了，就不忍心吵醒他，最后一个人躺在沙发上，闭上了眼睛。

　　他做了一个梦。

　　他梦见自己回到了父亲吴军的葬礼上。那天天空一片阴沉，铅灰色的云层压得很低，很快就下起了暴雨。

　　葬礼上，吴军所在警队的很多人都来了，殡仪馆的灵堂里聚满了警察。就连当时的公安局副局长、如今的局长郑常来也来到了灵堂。

　　大家都在悼念吴军。

　　吴军和郑常来是好兄弟，葬礼的前一天晚上，郑常来亲自为吴军守夜。当晚守夜的，还有王茹和吴克双。

　　守夜，是一种传统、一种习俗，守着逝者的灵魂，让他能够更好地去往另一个世界。守夜人，必须足足守上一夜，一夜都不能睡。

夜里十一点，郑常来突然在桌子里发现了一副围棋，来了兴致，走到吴克双面前，说："小吴啊，你爸生前最喜欢和我一起下围棋，你也来下两局？"

当时还在念高二的吴克双有些羞涩，道："我，我不会下围棋。"

郑常来笑了笑，说："没事儿，我教你。"

母亲王茹道："去吧，双，陪你郑叔叔下下棋。"

吴克双点了点头，跟着郑常来朝棋盘走去，两人相对而坐。

郑常来开始教吴克双下围棋。

吴克双学得很快，不一会儿就把基本规则弄清楚了，两人开始正式对局，郑常来给吴克双下指导棋。

郑常来一边下棋，一边说："小吴啊，你以后有什么志向没有？"

吴克双落子道："我决定了，遵从我爸的遗愿，报考警校，当一名警察！"

郑常来微微一笑，问："抛开你爸的遗愿，你是发自内心想要当一名警察吗？"

这时，王茹插话道："双，你郑叔叔不但是副局长，还兼任本市警校的校长呢！你好好和你郑叔叔聊聊这件事儿。"

吴克双犹豫片刻，摇了摇头，说："郑叔叔，我也不知道。"

郑常来点了点头，道："你需要想清楚，而不是盲目地遵从你爸的遗愿。如果你不是发自内心想要当一名警察，你是很难成为一名合格的好警察的。"

真正让吴克双发自内心想要当一名警察的，是他高二暑假那年的经历。

那年夏天格外炎热。黏糊糊的热气从碧蓝色的海平线吹过来，阳光不再是金色的，而是灼烫的白色。

白色使得阴影更加明显，浓黑中罪恶在缓慢酝酿。

一大早，一对夫妻正在海滩散步，看到不远处有什么东西被冲上岸来。一开始，他们以为是沙袋，走近一看，发现是一个人。

——一个看上去只有十六七岁的女孩。

这个女孩被大卸八块，又用针缝合在了一起，死状极其惨烈。

警方很快确定了女孩的身份。女孩名叫葛周怡，十七岁，是一名高中学生。葛周怡，正是吴克双高二时的同桌，两人关系非常好。

报纸报道了这件事情，但是并没有提到死者的名字。

那是 2000 年，吴克双记得自己给葛周怡的呼机发消息，一直都没有得到回复。

吴克双以为是自己哪句话不对得罪了葛周怡，那时候已经是暑假的尾声，他想到开学的时候，再当面向葛周怡问个清楚。

可是，开学后，吴克双再也没能见到葛周怡。

班主任老师对这件事情讳莫如深。很快，同学们开始传，说葛周怡被人奸杀扔到海里了。

吴克双不敢相信，他找到了父亲的同事，证实了这件事。那一刻，他整个人都崩溃了，要求警方一定要抓到凶手。

可是，整整一个高三过去，凶手都未被抓到。

吴克双无数次回忆起葛周怡，毕竟两个人上初中的时候就认识了。

葛周怡长得清纯可人，成绩也很好，总是考全班第一名，而吴克双总是被她压制，只能在两到三名徘徊。

多年以来，吴克双一直有个未解之谜。那就是，葛周怡在和吴克双同桌的时候，总是请教吴克双数学题，有时候甚至连很简单的题目也要向吴克双请教。

"这道题你都不会做啊？"

葛周怡鼓了鼓嘴："不会，你教教我嘛。"

"怎么这道题你也不会啊？"

葛周怡咬了咬嘴唇："不会，你教教我嘛。"

吴克双一度怀疑葛周怡考试的时候是不是作弊了，因为很简单的题目，葛周怡都不会做。这到底是为什么呢？为什么如此简单的题目都要向吴克双请教的葛周怡，每次考试都能考全班第一名呢？

直到很多年后的一次同学会，吴克双提到此事，同学们哭笑不得："你看不出来吗？那些题目，葛周怡怎么可能不会做？"

吴克双听罢，更加不明所以了："她会做，那为什么每回都要请教我啊？"

同学们没有回答，只是叫他自己领悟，可是吴克双至今也没有领悟过来。

整个高三，吴克双跑了无数趟公安局，找父亲当年的同事询问葛周怡案的进展，但是案子一直都在僵局中。

曾经无数次，吴克双在梦里梦到葛周怡。

葛周怡在向他求救："吴克双，救我！吴克双，救我！"

每次从梦中惊醒过来，吴克双都是满头大汗。

为什么他们就是抓不到杀害葛周怡的凶手呢？我应该做些什么呢？没错，我必须成为一名警察！

吴克双毅然决然地在高考志愿上填报了警校。那一刻，他真正想要成为一名警察，因为他发誓，有生之年要亲手抓住那个杀害葛周怡的凶手！

但是，这个凶手至今仍逍遥法外。

梦醒，吴克双缓缓睁开了眼，他看到母亲正在厨房里忙着做早餐，郭慕刀在旁边帮忙。

吴克双坐了起来。

王茹道："双，你醒啦，正准备叫你呢。"

吴克双点了点头："嗯。"

吴克双快速洗漱完毕，这时候早餐做好了，三人开始吃早餐。

王茹道："妈妈待会儿就回去了，双啊，你和小郭两个人，要互相照顾，知道吗？"

郭慕刀哈哈一笑，道："妈，啊不，阿姨，放心，老吴的伙食，我承包啦！"

王茹露出了慈祥的笑容，道："有小郭在，我放心，双啊啥都行，就是生活上不太行，尤其是不会做饭。小郭啊，有时间你也得教教他。"

郭慕刀连连点头："没问题，没问题！"

王茹道："你们吃完就快去上班吧，碗筷我来收拾。"

很快，他们吃完了早餐，郭慕刀和吴克双出发了。临走前，吴克双对母亲道："妈，你平常一个人，也得好好照顾自己，我有空就回去看您。"

王茹点了点头，道："好，妈知道。快去吧，办案子要紧。"

随后，吴克双和郭慕刀离开家，下了楼，上了门口那辆黑色SUV。郭慕刀踩下油门，将车开了出去。

四十分钟后，车子抵达市局，吴克双照例走进便利店买了一杯咖啡。今天田田不在，吴克双有些失落。

霍刚看出了吴克双的心思，于是道："吴警官，今天田姐不舒服，休息了。"

吴克双关切地问："不舒服？她怎么了？"

霍刚道："也没啥，有点小感冒。你的咖啡好了！"说着，将咖啡递给了吴克双。

吴克双接过咖啡，想要嘱咐霍刚一些关心田田的话，话到嘴边又咽下，只是说了句："让田田多喝热水。"

霍刚笑了起来："好嘞，吴警官的关心，我一定转达给田姐！"

吴克双点点头，端着咖啡离开，和郭慕刀一起上了楼。

四楼，陈圆圆正在和贺立群聊天："我说贺胖子，听说你昨天在烂尾楼有惊人表现啊！"

贺立群啃着汉堡包，道："没，没啥，我也就会这个了。"

何东维拍了拍贺立群的肩膀，道："贺同志啊，你就少谦虚了，郭队都夸你平常是大智若愚。没想到，你一到现场，唰唰唰，三下五除二，就算出死者不是自杀，而是他杀，简直是真人不露相——"

胡月接茬儿道："露相非真人！"

"聊什么呢？"身后传来了郭队的声音，大家都还挺松懈，一看到吴队紧随其后，所有人立马正襟危坐。

吴克双严肃道："大家都吃过早餐了吧？"

贺立群立马将剩下的汉堡包咽了下去，跟大家齐声道："吃过了。"

吴克双点了点头，道："除了陈圆圆留队，你们三个，跟我和郭队去一趟隆昌建筑公司！"

"是！"

于是，何东维、贺立群、胡月三人，跟随着吴克双和郭慕刀下了楼。几个人上了车，这次换贺立群开车，胡月坐副驾驶座，何东维和吴克双、郭慕刀一起坐在后座上。警车一路朝着隆昌建筑公司开去。

第九章　隆昌建筑公司

隆昌建筑公司创立于 1994 年，创始人名叫谢隆昌。公司创建以来，主营业务就是承包建设大型商业地产。五年前，谢隆昌因心脏病突发去世。董事会做出决议，推选公司二把手赵树人担任董事长兼总经理一职。

赵树人是恢复高考后的第一批大学生，在知名学府念的哲学专业，后跟随改革开放的浪潮，下海经商，结识了谢隆昌，共同创办了隆昌建筑公司。

上午九点，赵树人正在办公室里翻阅文件，女秘书敲了敲门，然后走进来："赵总，有几名警察想要见您，说是有案子需要向您询问。"

董事长办公室门外，吴克双一行人等候了片刻，只见女秘书从办公室内走了出来，对他们说："好了，董事长可以见你们了，请进吧。"

吴克双一行人走进办公室，见到赵树人，做了个简短的自我介绍。赵树人安排他们在沙发落座，并喊秘书沏好茶端上来，随后问:"请问各位警官光临敝司所为何事啊?"

吴克双开门见山道:"我们是来向你打听一个人,这个人,名叫徐洪兵。"

听到徐洪兵的名字,赵树人愣住了,端起茶又放下,说:"这个徐洪兵已经失踪十年了,你们应该知道的。莫不是你们有他的下落了?"

吴克双摇了摇头,道:"我们暂时还没有找到徐洪兵。从案卷上来看,徐洪兵当年是因为挪用了贵公司的公款畏罪潜逃了?"

赵树人点了点头,道:"是的,这个徐洪兵涉嫌挪用公司五百万的资金,当时我们公司直接报了警,但是至今也没抓到他。"

郭慕刀道:"可是,我们收到了举报邮件,称徐洪兵很有可能已经遭人杀害,并被埋在了某处,赵总对这种说法有什么看法?"

赵树人的脸皮抽动了一下,问:"举报的人是谁? 他有什么证据?"说着,喝了口茶,难掩着急,"当年证据确凿,徐洪兵的账目不干净,他就是因为挪用了公司的公款,所以才畏罪潜逃,没准儿现在人正在国外哪个地方逍遥快活呢! 一定是竞争对手在造谣,我们公司现在正忙着上市,任何负面新闻都会影响 IPO。"

郭慕刀接着说:"徐洪兵的女儿徐胜男一个多星期前坠楼身亡了,我们经过现场勘验,确定是他杀,这件事情——"

赵树人将茶杯重重放下:"这件事情我在新闻里看到了,对此我深表哀悼!"

吴克双面无表情道:"还有一个人,我们也需要向赵总打听一下。这个人叫罗森,十年前贵公司在建造华苑商场时,这个罗森是建筑工地的一名工人。"

赵树人道："我们公司，员工几万人，我作为董事长，怎么可能记得一个普通工人的名字？何况还是十年前的，恐怕早就不在我们公司了。"

吴克双问："那我们能够查一下十年前的建筑工人人员名单和信息吗？现在罗森是重要证人，我们需要找到他。"

赵树人点了点头，道："当然可以，我们隆昌建筑公司全力配合调查。"

这时，门外传来了秘书的声音："小姐，您现在不能进去。小姐、小姐！"

随后，门被推开了，只见一个白衣女孩走进了办公室，秘书紧随其后连连道歉："董事长对不起，我拦不住小姐。"

赵树人摆了摆手，对秘书道："没事儿了，你出去吧。"

女秘书退了出去，关上了门。

郭慕刀看着走进来的这个女孩，觉得格外眼熟，她不就是昨天在酒吧里唱歌遭到小混混儿非礼，被自己救下来的那个女孩吗？

赵树人有些尴尬地向众人介绍道："不好意思，各位，这是我的女儿欢颂。小女有些冒失，实在抱歉。"

欢颂看了眼郭慕刀，道："欸，郭警官，你怎么来了？"

赵树人一脸诧异地看了看郭慕刀，又看了看欢颂，道："怎么，你们，早就认识？"

郭慕刀道："有过一面之缘。"

欢颂嗲里嗲气地把胳膊肘搭在赵树人的肩膀上，道："爸，昨晚我在酒吧唱歌，遇到一帮小混混儿非礼。郭警官可英勇了，冲上台，三下五除二，就把那伙人赶跑了。"

赵树人笑了："是吗？原来还有这层渊源呢。那真是太感谢郭警官了。这样吧，几位警官，时候也不早了，不如中午留下来吃个便饭，我们公司有自己的酒店，就在隔壁，味道不输外面的大馆子。"

吴克双道："赵总客气了，吃饭就不必了，我们还有公务在身。当务之急，就是查阅十年前的工人名单，找到罗森。"

赵树人道："好，查，一定要查清楚、查到位，我这就安排！"

于是，赵树人马上安排人调出了十年前的人员名单，然而经过一番查找，根本就没有找到一个叫罗森的人。

吴克双不依不饶，决定再查一遍，反复查，把十年来的、十年前的，甚至公司创建以来的，全部查一遍，坚决要找到罗森。

郭慕刀则主动调侃欢颂，道："赵欢颂，没想到啊，你竟然是隆昌建筑公司董事长的千金。"

赵欢颂微微一笑，道："真是太巧了，没想到这么快又见面了。"

郭慕刀问："你家里这么有钱，你干吗要到酒吧唱歌啊？"

赵欢颂耸了耸肩，道："个人兴趣爱好，怎么，不行啊？"

郭慕刀痞痞地笑了笑，说："行是行，只是你在酒吧唱歌，会影响酒吧的生意。"

赵欢颂没好气，道："怎么着，我唱得有那么难听吗？"

郭慕刀摇了摇头，道："不是，是因为太好听，客人听了你的歌就沉醉了，都没心思喝酒了，你说影不影响生意？"

赵欢颂给了郭慕刀一记小粉拳:"挺会聊天的啊，一看就是个渣男！欸，渣男，今晚来不来听我唱歌呀？"

　　郭慕刀立马答应下来:"好啊，你几点开唱？"

　　赵欢颂道:"十一点。"

　　郭慕刀打了个响指，道:"没问题，我们不见不散！"

第十章　骗　局

　　吴克双一行人在隆昌建筑公司搜查了整整一天，什么结果也没找到，工人名单上并没有一个叫罗森的人。

　　晚上六点，在回市局的警车上。

　　贺立群一边开车一边问："吴队、郭队，都找遍了，也找不到罗森这个人，接下来怎么办？"

　　郭慕刀分析道："我们首先假设徐胜男在那些邮件里记录的事情是真实的，那么，罗森这个人肯定是存在的。如今在建筑工人名单上找不到罗森，只能说明一件事儿。"

　　何东维道："罗森的名字被隆昌建筑公司删除了！"

　　郭慕刀点了点头，道："如果真是这样，就更加说明隆昌建筑公司有问题，其中最大的嫌疑人就是现任董事长赵树人！"

　　吴克双翻阅着手里的工人名单，说："十年前，隆昌建筑公司参与建造华苑商场的工人一共两千三百二十三人。如果罗森真的存在，这些人当中一定有认识他的。所以，我们明天的任务，就是调动支队全体人员，对这两千三百二十三人逐一排查，争取找到这个关键证人罗森！”

警车开回市局，大家各自下班回家。

郭慕刀将一根牙签叼在嘴里，问："老吴，咱哥儿俩今晚上哪儿吃一顿去？"

吴克双冷冷道："别老想着在外边吃，回家吃去。"

郭慕刀咂了咂舌头："你这是想念我的厨艺了啊！家里可没菜了。"

吴克双道："买呀！"

郭慕刀点了点头，一脚油门，将车子开到了菜市场。两人在菜市场逛了一圈，买好了鲈鱼、猪肝、鸡翅，今晚郭慕刀打算给吴克双做三个菜：清蒸鲈鱼、爆炒猪肝、红烧鸡翅。

两人买好菜，喜滋滋地回家了。

回到家，吴克双在客厅的茶几上继续翻阅着从隆昌建筑公司搜集来的文件，郭慕刀则在厨房里做饭。

忙活了一个小时，三个菜全部做好了，两人在餐桌前吃了起来。

郭慕刀一边吃，一边说："老吴，今晚，我还得去一趟酒吧。"

吴克双急了："又去酒吧！你知不知道，酒喝多了对身体不好？"

郭慕刀摇了摇头，说："我这回可不是去喝酒的，赵树人的女儿赵欢颂在那家酒吧唱歌，我和她约好了。"

吴克双差点没噎着，咳嗽了两声，道："不是吧，你这就看上人家了？"

郭慕刀哭笑不得："老吴，你的理解能力去哪儿了？你想啊，我们从赵树人这里什么都问不出来，不如从他女儿赵欢颂那里入手。"

吴克双喝了一口水，道："对呀！赵树人这个老狐狸，滴水不漏，他女儿就不一样了，没准儿可以问出些什么来！"

郭慕刀哈哈一笑："老吴，今晚，就是我施展美男计的时刻了！等着我胜利归来的消息吧！"

夜里十一点，郭慕刀出门了。他来到家附近的酒吧街，径直朝 HOLA 酒吧走去。今天酒吧客人多，郭慕刀一进酒吧，就朝舞台望去，欢颂还没有来，眼下在唱歌的是一位男歌手。

郭慕刀来到吧台前，坐下，调酒师郑可心走了过："哟，郭大警官，您最近光临小店可挺勤的，昨天来，今天又来了。"

郭慕刀痞坏地笑了笑，说："这不是为你而来吗？"

郑可心打趣道："哟，你怕不是看上我了吧。怎么着，要不今晚老娘陪你回家？"

郭慕刀哈哈一笑："我家里有人了。"

郑可心八卦地问："原来郭警官早已金屋藏娇了啊，那不在家里陪媳妇儿，老往咱酒吧里钻什么呀？你媳妇儿不说你呀？"

郭慕刀装模作样地叹了口气，说："是个男的。"

郑可心拍了拍桌子，惊呼道："哎呀呀呀呀，没想到啊，没想到，郭警官你竟然好这一口呀！"

郭慕刀棋逢对手，抚额道："你这真是腐到深处自然萌啊！"

郑可心哈哈大笑起来："不和你打趣了，说吧，喝点什么？"

郭慕刀念出了酒名："'爱你一万年'！"

郑可心"啧啧"一番，说："怎么，今天换低度鸡尾酒了？你不是一直都先来一杯'在云端'的吗？还说什么要呼吸我的呼吸，怎么，这么快就变心了？"

郭慕刀念诗："多情自古空余恨，好梦由来最易醒！"

郑可心问："啥意思啊？"

郭慕刀道："我是个渣男！"

郑可心一脸无语道："去你的，等着啊，给你做'爱你一万年'去！"

郑可心刚做好"爱你一万年"，那位男歌手就下去了。很快，郭慕刀期待的赵欢颂上台了。

欢颂连唱了五首歌，表演结束下台，朝郭慕刀挥挥手，径直跑来吧台，在郭慕刀身旁落座。

郭慕刀夸赞道："唱得真好听，比原唱还好。"

欢颂微微一笑："你这嘴巴，真像抹了蜜一样。"

郑可心搭茬儿道："是啊，某些渣男可是见一个撩一个。欢颂你可要小心了，某些渣男可是'多情自古空余恨'啊！"

说罢，郑可心到一旁招呼别的客人去了。

郭慕刀冲着郑可心喊道："欸，你别着急走啊！"

郑可心瞥了他一眼，道："怎么，老娘不走，给你俩当电灯泡啊？"

郭慕刀道："要走，好歹也等欢颂点完酒再走啊。"

欢颂看了眼酒单，咬了咬嘴唇，说:"我不知道喝什么，你帮我点一杯吧。"

郭慕刀打了个响指:"那就来一杯'莫吉托'吧，酒精度数极低，适合女孩子。"

郑可心冷笑了一声:"啧啧啧，某些渣男还挺照顾女孩子的嘛!"

片刻之后，郑可心做好了那杯"莫吉托"，端到赵欢颂面前。赵欢颂微微喝了一口，对郭慕刀说:"郭警官推荐的酒，的确不错。"

郑可心道:"欸欸欸，你可夸错人了啊，那是我的调酒技术好。"

赵欢颂笑了笑，说:"对对对! 郑姐的调酒技术高超! 真棒!"说着，给郑可心竖起了大拇指!

郑可心耸了耸肩，摇头晃脑地继续招呼别的客人去了。

郭慕刀和赵欢颂聊了一阵子，见时机成熟了，便开始"循循善诱"，深入主题，询问了很多关于隆昌建筑公司的事情。

但是欢颂对自己父亲的工作一无所知，是一个十足的养尊处优的富二代。

聊了一会儿后，赵欢颂的"莫吉托"喝完了，郭慕刀问:"要不要再来杯别的?"

赵欢颂摇了摇头，说:"不用了，咱别坐在这里了，换个地方聊吧。"

郭慕刀兴奋道:"行啊，去哪儿?"

赵欢颂拉起郭慕刀的手便说:"你跟我来就是了。"

郭慕刀跟随赵欢颂出了酒吧。

两人穿过整条酒吧街，走进了一条黑暗的小巷。赵欢颂说："穿过这条巷子，就能到我说的那个地方了！"

两人继续朝着小巷深处走去。

吴克双在家里等着，一直等到夜里一点，郭慕刀都没有回来。他直接给郭慕刀打电话，但无人接听。

一连打了好几个都是如此，发消息也始终没人回复。

"这个老郭，难不成在酒吧喝多了？"

吴克双立即出门，直奔酒吧街，来到郭慕刀常去的 HOLA 酒吧。吧台后面，郑可心一见到吴克双便道："吴警官，稀客呀！"

吴克双走到吧台前，问："郭慕刀呢？"

郑可心擦着杯子，道："郭警官啊，他……开房去了吧……"

吴克双一脸震惊："你说啥？"

郑可心道："哎呀，我瞎猜的。他和我们店里一唱歌的姑娘出去了，大晚上的，孤男寡女，我猜多半是开房去了。"

吴克双问："那姑娘是不是叫赵欢颂？"

郑可心点了点头，道："你也认识赵欢颂啊，吴警官？"

吴克双问："他们什么时候出去的？"

郑可心看了看时间，说："走了有一个小时了。"

吴克双问："他们说去哪儿了吗？"

郑可心摇了摇头，说："没说。"

吴克双问："往哪个方向走的？"

郑可心看了看门口，回忆道："好像是出门左拐了。我没出去看，之后就不知道了。"

吴克双点了点头，道："好的，谢谢你啊。"随后，转身冲出了酒吧。

就在一个小时前，欢颂领着郭慕刀走进了那条黑暗的小巷。当两人来到小巷中间的时候，小巷两端突然冲出了两股小混混儿。

郭慕刀和这两股小混混儿打了起来。

就在这时，郭慕刀感觉自己的后脖颈儿传来一阵灼烧感，紧接着全身都被一股电流麻痹了。

他勉强回过身，看到赵欢颂手持一柄防狼电击器对准了他。他一脸惊讶地看着眼前的欢颂，紧接着，赵欢颂又是一下，这次的电流更大了。郭慕刀浑身抽搐了一下，眼前一黑，整个身体朝着冰冷的水泥地面倒了下去。

第十一章　卧底生涯

梦，又是梦。梦里，郭慕刀再次回到了在孤儿院的那段时光。

"打他！打他！打他！他是吸毒犯的儿子！"

又是他，肖剑邦，那个块头比成年人还大的十三岁少年，领着一群孤儿院的小男孩，将郭慕刀逼到墙角处，对他拳打脚踢。

那时的郭慕刀还不敢还手，每次都被一群人揍得鼻青脸肿。

"我跟你说！"每次打完，肖剑邦都会抓住郭慕刀的衣领，将他顶在墙上，恶狠狠地对他说，"你要是敢告诉老师，我会杀了你！"

这样的恐吓，对一个只有八岁大的孩子来说，很有效。郭慕刀不敢告诉老师，当老师问起他身上的伤的时候，他会说是自己摔的。

每次挨打，都没有人愿意帮助郭慕刀。他被所有人隔绝开来，毕竟没有小孩愿意和一个吸毒犯的儿子做朋友。

郭慕刀在孤儿院里饱受折磨地成长着，直到九岁那年，孤儿院的图书角进了一批从国外引进的漫画书，其中有一套名叫《苍鹰侠》的漫画令郭慕刀沉迷其中。

郭慕刀之所以会沉迷于《苍鹰侠》，是因为这部漫画的主角赫里斯·韦恩的经历和郭慕刀格外相似。赫里斯·韦恩也是在未记事的时候，父亲失踪，母亲在其六岁那年吸毒过量死亡。年幼的赫里斯·韦恩被送到了孤儿院，备受欺凌。这一切都让郭慕刀找到了对应，产生了共鸣，他觉得自己就是赫里斯·韦恩的现实版！

　　一开始，赫里斯·韦恩在孤儿院受到殴打和欺辱，也和郭慕刀一样，不敢反抗。很快，赫里斯·韦恩振作起来，说出了那句众所周知的名言："那些杀不死我的，会让我更强大！"

　　于是，赫里斯·韦恩吃饭的时候，将筷子削尖，当别人再欺负他的时候，他突然掏出那根削尖的筷子，狠狠地顶住了那个人的脖子："你再敢惹我，我就杀了你！"

　　从那一刻开始，赫里斯·韦恩学会了反击，孤儿院里没有人再敢欺负他。

　　郭慕刀受到赫里斯·韦恩的启发，将"那些杀不死我的，会让我更强大"这句话作为自己的座右铭。

　　他也将筷子削尖，当肖剑邦欺负他的时候，他抽出筷子，将锐利的尖头狠狠地对准了肖剑邦的脖子："你再敢欺负我，我就杀了你！"

　　没想到肖剑邦只是愣了一下，随后哈哈大笑起来："来来来，你杀啊！你杀啊！我谅你也不敢！"

　　郭慕刀的确不敢，他因此又挨了一顿打。

　　《苍鹰侠》里，赫里斯·韦恩开始学习各种搏击技术，郭慕刀则对着功夫片和拳击比赛悄悄地练习起来。

十一岁那年，郭慕刀的个头长了起来，但还是不如肖剑邦。但是，挨了无数次打，背地里自我训练了无数次的郭慕刀，再次还手了。这次，他终于将肖剑邦打倒在地。

从那之后，孤儿院里再也没有人敢欺负郭慕刀了。

郭慕刀一直追看着《苍鹰侠》的连载。在故事里，赫里斯·韦恩长大后，用战衣将自己打扮成了苍鹰的模样，惩恶扬善，打击黑暗势力。郭慕刀也想要成为赫里斯·韦恩那样的人，于是他默默在心里立下了志向——报考警校，长大后当一名警察。

转眼，郭慕刀十七岁了，他报考了警校，面试和笔试成绩都是第一名，可是政审的时候出了问题。

"不好意思，你的政治审查未通过！"负责政审的警官通知郭慕刀，"因为你母亲是吸毒死的，按照规定，亲属里有吸毒人员的，不适合被录用为警察。"

就这样，郭慕刀被警校刷了下来。

但是，郭慕刀并未就此放弃，他给当时的警校校长郑常来写了一封长信，信中表明了自己想要当一名警察的决心。

郑常来被这封信打动，在警校的办公室会见了郭慕刀。

那是一个下午，郑常来的办公室外就是警校的操场，金色的阳光洒在绿色的草皮上，显得格外美好。

郑常来坐在办公桌后面，手里握着一个保温杯。郭慕刀站在他面前，身姿挺拔。

郑常来上下打量了一眼郭慕刀，拧开保温杯喝了一口，道：

"小郭，放松，放松一点。"

但郭慕刀不敢放松，他知道，这是他当警察最后的机会，他必须把握住。

郑常来吐了吐茶叶，道："小郭啊，你写给我的信，我看了。你的信写得很真诚，正是这股真诚劲儿，让我想起了从前的自己。哈哈，其实，你不知道，我以前也和你一样，政审没通过，因为我舅舅是个小偷。我当时啊，也像你一样，给警校的校长写了封长信，校长因为那封信，破格录取了我。但是，录取我，有个条件，这也是我要对你提出的条件。"

郭慕刀声音洪亮："只要能当警察，什么条件我都答应！"

郑常来笑了起来："当时，警校的校长，也是市局的副局长，派我去一个贩毒集团，当了三年的卧底。你母亲是吸毒死的，你说你最痛恨毒品了，要将贩毒分子一网打尽。是吗？"

郭慕刀道："是！"

郑常来点了点头，道："那我就派你去一个贩毒集团，当卧底，为期三年，你看怎么样？"

郭慕刀没有丝毫犹豫："只要能当警察，别说三年，就是十年我都愿意！"

郑常来拍了拍手："好！要的就是这股气魄！"

三天后，郑常来再度找到郭慕刀："你的入队手续办完了，你现在已经是警察了，但是，你的档案是绝对保密的，只有我和局长看得到。在当卧底之前，你需要先秘密地完成为期三个月的专业化训练，你有没有信心？"

郭慕刀高声答应:"有信心!"

郑常来承诺道:"好!为了掩人耳目,我们不会为你举行入队仪式!三年之后,你顺利归来,我亲自主持你加入警队的仪式!"

就这样,郭慕刀被郑常来派到贩毒集团,当起了卧底。可是,三年时间并没有瓦解这个贩毒集团,郭慕刀又继续了两年,一共在贩毒集团当了五年的卧底。

当时需要解决的问题是:如何将郭慕刀顺利安排进毒贩集团,并且取得对方的信任。

郑常来通过调查得知,贩毒集团老大陈光豹的女儿陈雪利经常光顾一家名叫纯唱的 KTV。

有线人发回情报,陈雪利经常在这家 KTV 进行贩毒活动。据说陈雪利和陈光豹自己从来不吸毒,但是他们会把毒品发给一些手下,让他们吸,这样便于进一步控制他们。

陈雪利在 KTV 玩,喜欢点男招待。郑常来觉得,这是一次绝佳的接近陈雪利的机会,于是安排郭慕刀做了这家 KTV 的一名男招待。

华灯初上,纯唱 KTV 的霓虹灯在黑暗中散发出璀璨夺目的光芒,一辆又一辆豪车停在纯唱 KTV 门口。

"快快快,少爷们,有贵宾到了!"

纯唱 KTV 的领班经理萧红走进"少爷"休息室,大声招呼道。

休息室里,十几名西装革履的男招待站起身来,跟随萧红走出了休息室,其中就有郭慕刀。

一群"少爷"被领进了最里边，也是最隐蔽的豪华套间，光是抵达这个套间，就经过了好几道暗门。

萧红推开门，冲着门内的贵宾殷勤喊道："陈姐，少爷们来啦！"

随后，郭慕刀跟随着一群"少爷"鱼贯进入，站成一排。

少爷们开始自我介绍，无非就是我是多少多少号、来自哪座城市。郭慕刀的自我介绍是："您好，我是888号，来自本地。"

"本地好啊！我就喜欢本地的！就他了！"陈雪利拍了拍手，指了指郭慕刀。

萧红哈哈大笑："陈姐好眼光啊，这位888号可是我们店新来的小鲜肉呢！才十八岁，保准鲜嫩多汁。"

陈雪利哈哈一笑："吓死我了，我还以为你要说未满十八岁呢。"

萧红道："刚成年，刚成年，这不，没考上大学，就来干我们这行了。我看他条件不错，就给收了。"

陈雪利翘起二郎腿："那还等什么，快上酒啊。"

萧红点头哈腰："好嘞，陈姐，我这就去拿酒来。"

陈雪利点上一支烟，抽了一口，对着郭慕刀道："来，888号少爷，过来，陪姐坐。"

郭慕刀第一次上班，就被陈雪利挑中了，有些意外。他还没准备好，所以有些发愣，站在原地。

陈雪利的四个小弟急了，为首的那个喊道："快过来啊，别傻站着，陈姐喊你呢！"

郭慕刀这才反应过来，迈开双腿，走到陈雪利身旁，坐了下来。

陈雪利动作熟练地用胳膊肘搭住郭慕刀的肩膀，然后端起一大杯威士忌，递到郭慕刀的嘴边，说："来，干了这杯。"

郭慕刀有些尴尬，道："陈，陈姐，我不会喝酒。"

一旁的小弟不依了："不会喝酒出来干这个，搞毛啊？陈姐叫你喝，你就得喝，给老子干了！"

陈雪利动作却很温柔，对郭慕刀道："欸，人总有第一次嘛，在这种场子里工作，就得学会喝酒。来，为了姐，喝了这一杯，喝了这杯呀，你就放开啦。"

郭慕刀没办法，端起酒杯，喝了起来。第一次喝威士忌的他，感觉满嘴灼烫的焦煳味儿。

"干了它，别停下！"

在陈雪利的劝说下，郭慕刀一口气将杯子里的酒喝完了。

郭慕刀放下酒杯，感觉脸涨得通红，整个人晕晕乎乎的。

这时，一旁的四个小弟说话了："陈姐，我们可以开始了吧？"

陈雪利点了点头，道："玩吧，玩吧。"

随后，郭慕刀亲眼看到，这四个小弟各自从衣兜里掏出一小包白粉，将粉末倒在茶几上抹匀后，用吸管对着鼻子吸了起来。

郭慕刀盯着那些白粉发愣，想起了母亲刘雪丽吸毒时的场景。

这时，陈雪利轻柔地摸了摸郭慕刀的脸颊，道："怎么，你也想来点儿？"

郭慕刀立马摇了摇头，说："不不不，不了，陈姐。"

陈雪利哈哈一笑，道："你不来是对的，这玩意儿我也不吸。"

就在这时，萧红急匆匆地冲了进来："快别玩了，别玩了，警察冲进来了！"

萧红的话音刚落，四名警察便举着枪冲了进来，将陈雪利的四个小弟抓了个现行。

"不许动！公安局的！都给我不许动！"四名警察厉声道。

实际上，这是郑常来布好的一个局，目的并不是抓陈雪利，而是为了让郭慕刀带着陈雪利逃走。

郭慕刀立即起身，一脚将其中一名警察踹翻在地，拉起陈雪利就跑。

身后的警察佯装追赶，之后放空枪。

就这样，郭慕刀拉着陈雪利一路穿过迷宫般的走廊，七拐八拐，从 KTV 的后门跑了出去。穿过外面的小巷，一路跑过了好几个街区，最后在一个小巷子里停了下来。

两人都气喘吁吁。

陈雪利终于喘过气来，看着眼前的郭慕刀，笑了起来："行啊，你小子，胆子挺大。刚才那阵势，要不是你，我就进去了。"

郭慕刀假装长舒了一口气："警察应该没有追过来。"

陈雪利问："话说，你为什么救我啊？"

郭慕刀看着陈雪利，假装不好意思。

陈雪利哈哈大笑起来："你不会是喜欢上姐姐了吧？哈哈哈哈！我跟你说，你可千万别喜欢上我，我很危险的！"

郭慕刀没有说话。

陈雪利给自己点上一支烟，抽了一口，徐徐吐出烟雾，道："这样吧，我看你小子不错，叫什么名字？"

郭慕刀报了个早就安排好的假名："我叫吴桂城。"

陈雪利抽着烟，道："吴桂城，好名字。这样吧，那家 KTV 你也回不去了，警察肯定到处找你呢！你现在唯一的出路，就是跟姐走。"

郭慕刀明知故问："去哪儿？"

陈雪利拉住郭慕刀的胳膊，道："别多问，跟姐走就是了。姐也是看你救了姐一命，是个可造之材，给你个发大财的路子。"

就这样，陈雪利带着郭慕刀来到贩毒集团的总部，见到了陈光豹。

陈光豹穿着一件黑色的长款风衣，气场十足。

"爸，我给你介绍一个新人！"

一见到陈光豹，陈雪利便介绍了郭慕刀，并且把 KTV 里发生的事情，全都讲了一遍。

陈光豹这人，和陈雪利不一样，生性多疑。他听完之后，立马掏出手枪，对准了郭慕刀的额头。

陈雪利急了："爸，你这是干什么？他今天可救了我，我才特地带他回来的！"

陈光豹摇了摇头，说："你怎么能够保证，这小子不是条子安排的卧底？"

陈雪利解释道："爸，他怎么会是卧底呢？"

陈光豹没有理会陈雪利，用枪口对准郭慕刀的脑袋："说！你到底是什么人？"

郭慕刀重重地咽了口唾沫，说："我叫吴桂城，是将来对您有用的人。"

陈光豹笑了："你说什么，对我有用的人？"

郭慕刀点了点头，道："我喜欢陈姐，外面警察也在找我，我无路可走，陈姐说跟着豹哥您可以发财。"

陈雪利帮着郭慕刀说话："爸，留着他，真的有用，这小子可是冒死把我救出来的。"

陈光豹看了看陈雪利，问："你也喜欢这小子？"

陈雪利道："爸，你说什么呢？"

陈光豹又笑了起来，随后收了枪："来人，把这小子押下去，关起来，彻查他的身份，要是有任何问题，直接丢海里喂鲨鱼！"

郭慕刀被关到了禁闭室里。

他回想起在警校办公室里，郑常来对他说的话："小郭啊，你打入贩毒集团内部之后，一定要小心，陈光豹这个人，生性多疑，他不会那么快相信你。他一定会找人调查你的身份背景。不过你不用慌，你是干净的。你不能继续使用郭慕刀这个身份，因为你曾经报考过警校，他们会查到这一点。所以，我们伪造了你的身份，你现在不叫郭慕刀，你叫吴桂城。吴桂城和你一样，父母很早就过世了，总之，我们会把你的身份伪造得连贩毒集团都找不出问题。"

果然，贩毒集团经过三天调查，没有查出郭慕刀的身份有任何问题。贩毒集团不会想到，吴桂城是一个被精心虚构出来的人物。

就这样，郭慕刀顺利地以吴桂城的身份，进入了贩毒集团，成为其中一名马仔。

他的直属上司，正是贩毒集团的二把手——山南。

山南这个人和陈光豹不同，他没那么多疑，因为他讲究用人不疑。山南为了检验郭慕刀的能力，对他进行了一次职业技能测试：找来一辆车，让郭慕刀藏毒，山南亲自来找。结果，郭慕刀藏的毒，连山南都找不出来。从那一刻开始，山南就觉得郭慕刀这小子极有贩毒天赋，决定重用他。

郭慕刀卧底那段时间，最喜欢看周星驰的电影。他觉得自己可以像周星驰作品里的小人物那样，表面上放荡不羁，甚至有些玩世不恭，却有一颗悲悯而善良的心。

郭慕刀记得，卧底的第五年，他已经搜集到了足够的证据，能够捣毁这个贩毒集团。

那天上午，郭慕刀悄悄将情报传递出去。陈光豹要亲自和一个从东南亚某国过来的卖家交易。

和过去一样，交易地点分为两个地方。陈光豹在市里某个大楼的隐蔽点和东南亚卖家交易；山南则带着郭慕刀一起，在密林里和东南亚卖家的小弟交易。

陈光豹那边，负责检验东南亚卖家提供的小包样品，样品合格后，会通知山林里的山南验收大货。

所谓"大货"，就是正式的毒品。

之所以分两个地点交易，是因为这样做更加安全。

那天，山南和郭慕刀来到密林当中，和东南亚卖家交易。

山南拍了拍郭慕刀的肩膀，说："桂城啊，干完这一票，我就退了。"

郭慕刀问："山南哥，您不打算接着干了？"

山南笑了笑，说："老人死守着位置不放，新人哪里来的机会？我已经和豹哥商量过了，这次把东南亚的渠道全部打通了，我这个位置就交给你了。"

郭慕刀道："山南哥，我还没有那个能力……"

山南道："你有，这么些年，我最信任的就是桂城兄弟你了！"

郭慕刀问："那山南哥你退了之后，打算去哪儿呢？"

山南微微一笑，道："游游山、玩玩水、滑滑雪、跳跳伞、登登珠穆朗玛峰什么的，搞点有意思的极限运动。"

与此同时，在市区内，陈光豹已经在市区某幢大楼的一个隐蔽房间里和东南亚卖家的老大接上头了。

在大楼对面的一个单元当中，郑常来亲自率领的一支缉毒队伍已经整装待发。

这支荷枪实弹的队伍悄悄潜入陈光豹所在的大楼，就在陈光豹命手下检查样品的一瞬间，他们破门而入。

"不许动，不许动！"

陈光豹立马向山南发消息："000！"

山南一收到消息，脸色立马变了。"000"的意思是：有警察，终止交易！

就在山南看完短信的瞬间，密林间冲出一群持枪特警来。

"桂城，快跑！"

山南一边回身开枪，一边拉着郭慕刀上了旁边一辆吉普车，朝着密林外冲了出去。

身后，三辆特警部队的车在疯狂追赶着。

山南一边开车，一边道："妈的，我们的交易地点暴露了，肯定出了内鬼！"

此时，坐在副驾驶座上的郭慕刀听到山南说出"内鬼"二字，心里不免紧张，但是表面上什么也没有表现出来。

郭慕刀现在还不能暴露身份，他不确定这次是否能够一次性捣毁陈光豹的贩毒集团。如果没能捣毁，他还需要继续卧底下去。

于是，郭慕刀试探性地问："山南哥，你觉得这个卧底会是谁？"

山南看了一眼郭慕刀，说出一个名字，郭慕刀这才在心里松了一口气，那个名字并不是吴桂城。

郭慕刀立马说："我也怀疑是他！"

山南驾驶着吉普车一路向前开，身后，特警部队一边追，一边朝吉普车放枪。

"乓！"

吉普车的右后车轮被子弹击穿爆胎了，由于车速极快，又是在拐弯处，整个车身瞬间失去控制。

车内，山南努力掌握方向盘，但是一切都无法控制了。只见吉普车的车身一个侧翻，朝着一旁的悬崖跌落下去。

吉普车跌落进山下的一条河里，很快朝着河水深处沉了下去。

在河底，山南醒了过来。他想要打开车门，但是在水压的作用下，车门根本无法打开。他掏出手枪，"乒"的一枪，击穿了他那侧的车窗，之后转身拖着已经陷入昏迷的郭慕刀游出了车窗，朝着水面游了过去。

很快，他们浮出水面，山南大口大口地呼吸着，扛着溺水昏迷的郭慕刀上了岸。

"桂城！桂城！"

山南用手猛力按压着郭慕刀的胸口，又给他做了人工呼吸。不一会儿，郭慕刀向外猛吐了几口水，醒了过来。

就在这时，特警部队从悬崖上方利用绳索垂降，追了过来。

山南搀扶着郭慕刀，顺着河岸，朝着下游逃跑。

特警部队在身后射击，前方已经没有岸了，只剩下河水。两人跳进河里，想要躲避子弹。

此时，郭慕刀也很危险，因为特警并不知道他是卧底。

水流越发湍急，郭慕刀和山南意识到前方是瀑布的时候，已经来不及了。一个巨大的落差，两人从瀑布上坠落了下去……

"啊——"

两人坠落到了瀑布的底端。

在翻滚的激流中，郭慕刀又呛了很多水，他甚至以为自己就要死了。

他做了一个梦，漫长的没有边际的梦，梦里他的爸爸和妈妈都没有离开他，一家人开开心心地照了一张全家福。

郭慕刀醒来的时候，发现自己正躺在岸边的一块石头上。一个渔民救了他，山南却已经不见了踪影。

郭慕刀立马回到警局，找到郑常来，这才松了口气：这次掌握的证据，足够捣毁陈光豹的整个贩毒集团。

最终，陈光豹等人被判处死刑，立即执行。

至于山南，则一直生死不明。陈雪利也逃跑了，至今不知所踪。

郭慕刀对于山南是有些意难平的，因为山南直到最后一刻都不知道郭慕刀是卧底，还把他当成好兄弟，要拿生命去保护他。

奈何，郭慕刀是兵，山南是贼。

兵和贼，自古势不两立！

郭慕刀终于结束了五年的卧底生涯，成为刑事侦查支队的一名刑警。郑常来兑现了诺言，亲自主持了郭慕刀加入警队的仪式。

由于在警队屡立战功，没过几年，郭慕刀就被提拔为市公安局刑侦支队的副队长，和吴克双搭档。

第十二章　致死剂量

黑暗中，狭长的走廊，郭慕刀在奔跑。走廊的尽头有光，只要迎着光的方向狂奔总没有错。马上就要到了，郭慕刀感受到了光明到来前的欣喜和愉悦，他似乎已经接触到了白光所绽放出的温暖。

可是，这条走廊似乎漫长无边，怎么也跑不到头。光明就在那儿，但是郭慕刀似乎永远只能无限地接近光明，永远也无法真正融入那耀眼的光明中去。

越来越近了！越来越近了！

光明到来之际，无边无际的黑暗终将消散。

就在这时，光明的入口处出现了一个人。那个人穿着黑色的长款风衣，影子被拉得老长。

"豹哥！"

郭慕刀喊出了那个名字。

"原来你就是卧底！"

陈光豹喊出了这句话，将一把手枪对准了郭慕刀，黑洞洞的枪口直勾勾地对着郭慕刀的额头。

还没等郭慕刀解释，"乓"的一声，子弹飞出枪口，正中郭慕刀的眉心……

郭慕刀从绵延无尽的噩梦中醒了过来，发现自己身处一个幽暗且十分逼仄的空间中。

"你终于醒了！"

一个既熟悉又陌生的男人的声音从黑暗中传来。

此刻，郭慕刀头疼欲裂，视线一片模糊，过了好一会儿，他终于看清了站在他面前的那个男人的脸。但这张脸很陌生，郭慕刀从未见过。

男人冲着郭慕刀冷冷一笑，道："好久不见啊，还记得我吗？我现在是应该叫你吴桂城兄弟呢，还是郭慕刀郭警官呢？"

郭慕刀怔住了，站在他面前的这个男人，虽然有一张陌生的脸，但是声音以及说话时的姿态，都和那个人一模一样。

郭慕刀不打算装傻，他说出了那个名字："山南！你是山南吗？"

山南哈哈大笑起来："你果然还记得我啊！虽然我换了张脸……我一直以为你死了。我把你当好兄弟，没想到你竟然是警察！"

郭慕刀凝视着山南，丝毫没有怯懦，反而有些关切地问："山南，这些年，你都去哪儿了？还有，赵欢颂，是你什么人？"

郭慕刀想要动弹，却被捆缚在一把铁质的椅子上，一动也不能动。

山南绕到郭慕刀身后，弯下腰，对着郭慕刀的左耳道："想听我的故事？那我讲给你听。"

那天山南和郭慕刀从瀑布上跌落，两人就被冲散了。山南被水一路冲到了下游，被岸边的一户农家夫妇救了起来。

山南隐姓埋名，还找了整容医生，将自己的脸整成了别的模样，之后化名北海，笼络残余势力，继续从事毒品生意。

山南以北海的身份，重返本市，再后来在夜店辗转认识了欢颂。

赵欢颂平常就喜欢到夜店里喝酒蹦迪，那天她在夜店结识了一帮年轻人，但她不知道，这帮人正是山南的手下。

很快，赵欢颂就跟这帮人混熟了，跟着他们来到了山南的包间。

一进包间，年轻人纷纷向山南打招呼："北海哥！"

赵欢颂从小就喜欢那种具备领袖气质的男人，那一刻，她被山南吸引，主动坐到山南身旁，两人开始喝酒划拳。

间隙里，山南让小弟悄悄将一粒摇头丸下在了赵欢颂的酒水里，赵欢颂没有发现，一股脑儿都喝了下去。

"开瓶黑桃 A，庆祝一下！"

山南让夜店开了瓶黑桃 A 香槟，一群人喝了起来。那天晚上，赵欢颂在摇头丸的作用下，玩得很嗨，但是她也因此染上了毒瘾，走上了吸毒的不归路。

山南正是靠这一点，进一步诱骗赵欢颂注射海洛因，由此牢牢地将她掌控在自己手中。

山南曾经好几次向赵欢颂展示自己以前的合影，合影当中有陈光豹，还有郭慕刀。他多次指着郭慕刀的照片对赵欢颂道："他叫吴桂城，是我的好兄弟！"

没想到，那天晚上，郭慕刀为了救欢颂，亮明了身份。那天深夜，赵欢颂回到山南的住处时，山南还没有睡，正在客厅的沙发前喝着一杯红酒。

赵欢颂走到山南身旁，说："北海哥，有件事情我要告诉你。我今天遇到了一个人。"

山南摇晃着红酒杯，问："什么人？"

赵欢颂道："那个人长得很像你给我看的照片里的吴桂城。"

山南刚准备喝杯子里的红酒，此时却停了下来，问道："你说什么？吴桂城？"

赵欢颂点了点头，道："不过，他不叫吴桂城，他说他叫郭慕刀，是个警察！"

山南翻出那张老照片，指着照片上的吴桂城问："你再看看，看清楚了吗？"

赵欢颂道："看清楚了，应该就是他。"

山南问："你们是在哪儿认识的？"

赵欢颂说："在我唱歌的 HOLA 酒吧，今天有小混混儿骚扰我，他帮我解了围，亮明了身份。我才知道他原来是个警察，叫郭慕刀。"

山南沉思片刻，说："这样，酒吧有监控，这个点儿，酒吧还没打烊。你现在就回酒吧去，说你有东西搞丢了，让酒吧给你调一下监控，调出这个郭慕刀的画面，记得用手机录下来，拿回来给我看。"

赵欢颂回到 HOLA 酒吧，HOLA 酒吧还没有打烊，郑可心见到赵欢颂便问："怎么回来啦？"

赵欢颂按照山南的指示撒谎道："我的戒指弄丢了，想看下监控。"

郑可心点了点头，道："没问题，跟姐来。"

郑可心领着赵欢颂进了监控室，调出了监控。赵欢颂趁机用手机拍下了郭慕刀出现时的画面，直接微信发了山南。

山南看完后，将红酒一股脑儿喝下，咬着牙道："就是他！没想到他竟然是警察！藏得够深的！"

于是，山南利用欢颂，吸引郭慕刀，安排了酒吧外小巷里的绑架，确定郭慕刀正是吴桂城。

郭慕刀听完山南的叙述，脑子"嗡"的一下炸开了。

山南拍了拍郭慕刀的肩膀，道："你知道我这辈子最痛恨哪种人吗？就是出卖兄弟的人！我和豹哥对你怎么样，你是知道的，没想到，你竟然是警察派来的卧底！"

郭慕刀听完冷笑起来："从一开始，我和你就不是兄弟。你是毒贩，我是警察，抓你们，是我的天职！"

山南听完，露出一个苦涩的表情："好一个天职！你知不知道，我一直以为你已经死了，还一直在为你的死感到难过。"他说着，摆了摆手，"不不不，我是在为那个叫吴桂城的兄弟感到难过，而你，不是他，你是警察！吴桂城已经死了，而你，只是一个冒充他的冒牌货！"

郭慕刀不知道该说些什么，沉默片刻，道："你抓我来，到底想怎么样？杀了我？"

山南点了点头，道："没错，出卖兄弟的人，必须死！"

郭慕刀喊道："那就杀了我！来啊，开枪，杀了我，就现在！"

山南嘲讽般笑了起来："枪毙？那太便宜你了。你不是警察吗？当年在我们组织做卧底的时候，我和豹哥对你器重有加，都不让你试毒。碰巧，我们刚刚到了一批最新的海洛因，你要不要试试？"

郭慕刀最痛恨毒品了："杀了我，直接杀了我！"他恶狠狠地瞪着山南，咬着牙道。

山南哈哈大笑："要的就是这个效果，我就喜欢看到这种愤怒而绝望的眼神！"

山南掏出针管，抽了满满一大管海洛因，走到郭慕刀面前。

郭慕刀拼命挣扎道："杀了我！杀了我！"

山南晃了晃手里的针管，微微向外挤了一点，确保针头通畅，然后用橡皮筋紧紧地绑在了郭慕刀的胳膊上，拍了拍，说："放松，放松，很快就好了！"

郭慕刀大喊着："杀了我，杀了我啊！"

山南找准郭慕刀的血管，将针头扎进去，一股脑儿将海洛因全部推进了郭慕刀的身体里。

一瞬间，郭慕刀感觉浑身发麻，像是有无数只蚂蚁在爬，整个身体控制不住地颤抖起来，眼前的视野变得扭曲，灵魂仿佛在抽离躯壳的边缘反复游离。

"啊——杀了我！杀了我！"

郭慕刀痛苦地嘶叫着，大汗淋漓。

"别急！"山南拍了拍郭慕刀苍白的脸，说，"再来两针！"

又是两针。这是致死的剂量。

郭慕刀感觉身体像是被无数电流接通了，疯狂抽搐起来，大脑神经元疯狂到了极端紊乱的地步。

"把他带到那个地方去，我要让他再死一次！"

山南命令自己的小弟，解开郭慕刀身上的绳索。此时，郭慕刀已经被海洛因折磨得无力反抗。

小弟将郭慕刀带上一辆车，车子一路开到了密林的悬崖边。

黑夜里，悬崖上寒风呼啸。

山南走到郭慕刀身旁，道："还记得这是哪儿吗？没错，这里就是当年我们一起坠崖的地方。我要让你在没能杀死你的地方，再死一次！"

说罢，山南用力一推，郭慕刀整个身子便失去重心，朝着悬崖下方坠落而去。

第十三章　起死回生

吴克双离开 HOLA 酒吧，直奔酒吧街辖区派出所。

夜里一点半，辖区派出所的值班员罗明打了个哈欠，起身为自己泡了一桶方便面，吃了起来。

就在这时，吴克双走进派出所，亮出了警察证。罗明立马放下手中的方便面，向吴克双敬了个礼，道："吴队！"

吴克双回了个礼，说："我要调一下监控。"

酒吧街的监控显示：零点的时候，赵欢颂拉着郭慕刀走出 HOLA 酒吧，朝着酒吧街外走了出去。吴克双跟着调取了酒吧街外的监控。两人离开酒吧街后，左拐，进了一条小巷。小巷里没有监控。随后，吴克双调取了小巷另一端的监控，看到一辆黑色的依维柯停在巷口，紧接着，便看到一群人扛着陷入昏迷状态的郭慕刀上了车，欢颂也跟着上了车。

但是，从监控中无法判断欢颂跟这帮人是不是一伙的，有可能赵欢颂也受到了这伙人的威胁。

吴克双抄下车牌，连夜去了趟交警队，却发现这辆车用的是假牌照，根本查不到真实的信息。

紧跟着，吴克双通过天网系统，调取沿路监控，发现这辆车一路朝着城北的郊外行驶，最后消失在了监控盲区。

凌晨三点，市公安局局长郑常来正在睡觉，手机突然响了起来。他和妻子鞠靓同时被惊醒。

郑常来接起电话，便再也睡不着了。电话那头，吴克双告诉他："郑局，郭慕刀被一伙来路不明的歹徒绑架了！"

郑常来立马起身，下发指令，调集全城警力，务必找到郭慕刀。

当天上午，阳光驱散了山谷里的雾气，一对渔民夫妇正在北城县的一条河流打鱼，突然看到水面上漂着一个黑色的物体。

"老公，你看，那里，那是个啥？"女渔民杜鹃指了指那个漂浮的黑色物体。

丈夫孔鱼看了看，说："没准儿是条大鱼，靠近看看！"

夫妻俩将船靠近，杜鹃惊道："哎哟，不得了了，老公，不是鱼，是个人！"

孔鱼道："快快快，快捞起来！"

夫妻俩将这个男人捞上了船。

男人躺在船上，孔鱼拍了拍男人的脸，不断按压着男人的胸口道："小兄弟，小兄弟！"

男人吐了几口水，继续昏迷。

孔鱼松了口气，道："还活着，还活着，快送医院。"

这对渔民夫妻将船靠岸，将这个昏迷不醒的男人送到了北城县医院。

北城县医院对男人进行了抢救，但在抽血化验时，发现这个男人体内有大量的毒品海洛因，于是向县公安局报了警。

县公安局接警之后，立即赶到医院，惊喜地发现，躺在床上的那个男人正是他们在寻找的市公安局刑侦支队副队长郭慕刀！

下午，吴克双正在城北带队搜寻郭慕刀，突然接到县公安局打来的电话，立即带队直奔北城县医院。

抵达医院后，吴克双直奔病房，躺在病床上的的确是郭慕刀，于是便问医生："医生，他现在情况如何？"

医生摇了摇头，说："情况不是很乐观。我们在他的体内发现了大剂量的海洛因，是足以致死的剂量！"

吴克双的心一下凉了半截："你说什么？"

医生深吸一口气，道："我们已经全力抢救了，他能不能挺得过来，就看他自己的造化了。而且，即便他挺过来了，也很麻烦，这么大剂量的海洛因打到身体里，恐怕会终身成瘾。"

吴克双担忧地看着床上依旧处在昏迷状态的郭慕刀，希望他能够顺利挺过来！

病房外，局长郑常来走了过来，拍了拍吴克双的肩膀，道："小吴啊，你要做好最坏的思想准备。"

吴克双向郑常来敬了个礼："郑局。"

郑常来回了个礼，面色凝重，说："不管这件事情是谁干的，即便郭慕刀真的能够挺过来，他也很难戒掉毒瘾。如果不能在短时间内戒掉毒瘾，他就只能离开警察队伍了。"

吴克双看了眼躺在病床上的郭慕刀，又看了看面前的郑常来，说："可是，这对郭慕刀不公平！"

郑常来摇了摇头，说："我也知道不公平，但规定就是规定。"

吴克双在郭慕刀的病床边守了整整三天。这三天，他无时无刻不是在巨大的焦虑和心灵折磨中度过的。

三天后的晚上，郭慕刀终于缓缓地睁开了眼，蒙眬的视线中，他看到的第一个人就是吴克双。

这三天，他没有做梦，完全陷入生理无意识状态中。

吴克双见到郭慕刀醒来，欣喜道："你终于醒了！"

郭慕刀深吸一口气，说："我还以为我已经死了呢。"

吴克双露出了苦涩的笑容，道："别胡说，你没那么容易牺牲！"

郭慕刀痞痞地笑了笑，说："是啊，老吴，据说一个人起死回生之后，看到的第一个人，就是要和自己厮守一生的人。只可惜怎么我一睁眼看到的不是哪个妹子，而是你啊，老吴，我这辈子就这样被你耽误了！"

吴克双白了他一眼，道："你个没良心的，我在你床边守了三天三夜，你就跟我说这个？"

郭慕刀笑着笑着，忽然咳了起来。

吴克双立马关切地问："没事儿吧，你现在情绪不能太激动。"

郭慕刀摆了摆手，道："没事儿，没事儿。"他深吸了一口气，向后靠了靠，说，"是山南干的。"

吴克双惊道："你说什么，山南？他还活着？！"

郭慕刀点了点头，道："是的，他整容了，换了张脸，还换了个名字，叫北海。"

吴克双问："那欢颂呢？"

郭慕刀道："赵欢颂是山南的女人，就是她配合山南，引我到那条小巷，绑架了我。"他说着，笑了起来，"老吴，你真是一语成谶啊，你说我一定会栽在女人手里，这不，还真就应验了！"

吴克双双拳紧握："我会抓到他们的！"

突然，郭慕刀身子开始颤抖起来，浑身冒汗："不好，不好了！"

吴克双紧张地问："怎么了？"

郭慕刀开始抓自己："有虫子，有虫子在爬……"

吴克双知道，郭慕刀的毒瘾犯了，只能说："你坚持住，我去叫医生！"

吴克双叫来医生，医生给郭慕刀打了一针镇静剂。郭慕刀暂时稳定下来，昏睡了过去。

吴克双问医生："医生，有什么办法？"

医生摇摇头，说："我们也没办法，你只能把他送到戒毒所去，强制戒毒！"

第十四章　强制戒毒

"有虫子……有虫子……有虫子在爬……"戒毒所的房间内，郭慕刀提前让吴克双将他绑在了床上。郭慕刀毒瘾犯了，在床上疯狂挣扎着。

"郭慕刀！"吴克双看得心疼，想要帮郭慕刀解开绳索。

郭慕刀却大喊："走，出去，你们全都出去！让我一个人！让我一个人！"

郭慕刀叫得声嘶力竭，吴克双领着其他人全都撤了出去。

"关门！把门关上！"

他们关上了门，站在门外，透过门上的窗口向内观察着郭慕刀的情况。

郭慕刀感觉自己浑身上下有一股酥麻感在涌动，这股酥麻感刺激着他的神经。白色的粉末融化成水在他眼前流动。

"我受不了了！我受不了了！"

郭慕刀想要抓自己，但是双手双脚都被绑在了床上，根本无法动弹。他不停地挣扎着，想要将绳索挣脱开来。那是他特地嘱咐吴克双绑的结,这种结是专门绑犯人用的,越挣扎越紧。

郭慕刀浑身大汗淋漓,整张脸都是惨白的,嘴唇也乌了。

他挣扎着,手腕和脚腕被绳子磨得皮开肉绽。

吴克双叫来了戒毒所的医生:"医生,快,快给他打一针镇静剂!"

医生推开门,就要给郭慕刀打镇静剂,但是被郭慕刀喝止了:"走开!别过来!走开!让我一个人,让我一个人,啊——让我一个人!"

吴克双着急道:"你快坚持不住了!"

郭慕刀疯狂地摇着头,说:"出去!出去!都出去!我要战胜它!我要自己战胜它!"

吴克双领着医生撤了出去。

郭慕刀笑了起来,很癫狂。他一边笑,一边咬着牙,道:"你杀不死我!你杀不死我的!那些杀不死我的,只会让我更强大!"

这时,郭慕刀感觉眼前出现了星星,无数的星星在旋转。他持续耳鸣,耳朵边不断回荡着一句话:"来呀,打一针,打一针就好了!来呀,打一针,打一针就好了!"

"走开!走开!滚出去!从我脑子里滚出去!"郭慕刀开始破口大骂,"快从我脑子里滚出去!别想诱惑我!你是杀不死我的!滚出去!快点滚出去!"

房间外,医生对吴克双道:"吴警官,还是让我给他打一针镇静剂吧,他这么下去,会把自己折腾死的。"

吴克双刚要说什么,郑常来发话道:"让他坚持下去,这是他的一次劫难。他必须成功战胜毒瘾，如果不能在短时间内彻底战胜毒瘾，他就不能继续当警察了！我相信小郭能够战胜它！我相信他拥有这样顽强的意志力！"

房间内，郭慕刀继续挣扎着，无数电流在他身体内游走。他感到自己的灵魂仿佛已经离开了身体，飘浮到了半空，在房间里四处游荡，仿佛一只无头苍蝇一样撞来撞去。

过了一会儿，灵魂又遍体鳞伤地回到了躯体里，然后又跳出去，就这么来回反复横跳着。很快，郭慕刀已经分不清自己是灵魂还是身体了，灵与肉在这一刻彻底混淆了。

母亲刘雪丽注射海洛因死亡的画面，在郭慕刀眼前反复出现。没错，保持这个画面，记住这种仇恨，对毒品的仇恨，对贩毒集团的仇恨，对山南的仇恨！记住这一切，记住母亲是因毒品而死的！

"啊！啊——"

郭慕刀咬牙坚持着，再一次顽强地念出那句话："那些杀不死我的，会让我更强大！"

很快，母亲吸毒死亡的画面消失了。取而代之的是一片海洋。郭慕刀感觉自己并不是躺在床上，而是躺在一只小木舟上，这只小木舟正在波涛汹涌的黑色海面上起伏。他整个人都是眩晕的，天与地都在旋转。他想要呕吐，却什么也吐不出来。

房间在旋转，天花板在向下压，床板在被无限拉长。

一切都变得扭曲，就仿佛名画《呐喊》一样，又仿佛一个精神病患者眼里看到的扭曲的世界。

"我不行了！我不行了！我不行了！走开！走开！快走开！"

郭慕刀仿佛在驱赶着什么，一直在胡言乱语："别过来！别过来！滚！走开！别过来！别过来！"

郭慕刀看到一只巨型蜘蛛在房间里爬，就要爬到他的身上了。蜘蛛吐出白色的蛛丝，将他死死缠绕，让他动弹不得。

"啊——"

郭慕刀想要挣脱蛛丝，却被束缚着，怎么也挣脱不开。他继续咬着牙，道："休想杀死我！你休想杀死我！"

过了一会儿，蜘蛛消失了。郭慕刀感觉自己的身体正被不断地拉长缩短，拉长缩短，在这个过程中，他觉得自己就像是一根弹簧，被人拽来拽去。

"辣！好辣！"

就在这时，他突然感觉浑身发热，似乎有人将辣椒油注射进他的血管里，然后顺着血管游走全身。

"我不行了！我不行了！我不行了！"郭慕刀的身体溢出了大量的汗，汗水将床单彻底打湿，仿佛刚刚淋过暴雨一般。

那些"辣椒油"在他的身体里爆炸了，他仿佛被扔进牛油火锅里，被灼烫的辣油烧煮着。

"啊——"

郭慕刀挣扎着，忍受着这股疼痛。他知道，这是最后关头了，如果忍不住，就将前功尽弃！

他双拳紧握，整个身子都反弓起来。他咬着牙，不停地重复："那些杀不死我的，会让我更强大！那些杀不死我的，会让我更强

大！那些杀不死我的，会让我更强大！啊——"

终于，这股灼烧感在达到顶峰后，渐渐褪去，一切都平静下来。在经过半小时的挣扎后，郭慕刀感觉自己浑身的肌肤都被千刀万剐了一遍，他终于坚持不住了，沉沉地昏睡过去。

他知道，在接下来的每一天里，他都要经历这样的千刀万剐，直到彻底战胜毒瘾，让毒瘾不再发作。

第十五章　缉毒会议

上午九点，隆昌建筑公司，董事长办公室内，赵树人正在批阅文件。

女秘书敲门进来，对赵树人说："董事长，刑侦支队的吴队长现在就在门外，要求见您，之前他来过的。"

赵树人一边批阅文件，一边道："请他进来吧。"

女秘书走出办公室，领着吴克双走了进来。

一见到吴克双，赵树人就露出了假模假式的微笑，对吴克双道："吴警官，来，坐，坐。"他起身，将吴克双往沙发处引。

吴克双坐在沙发上，女秘书迅速泡好茶端了上来。

赵树人问："吴警官，不知这次光临敝公司，是否仍是为了罗森的事情而来？"

吴克双摇摇头，开门见山道："这次我不是来找罗森的。这次的事情，和你女儿赵欢颂有关。"

赵树人一脸担忧："和我女儿有关？是她出什么事儿了吗？"

吴克双表情严肃道："有一个叫北海的人，你认识吗？"

赵树人愣了一下，摇摇头，说："不认识。"

吴克双道："你女儿赵欢颂，涉嫌伙同贩毒集团老大北海，绑架我们刑侦支队的副队长郭慕刀。"

赵树人大惊失色："你说什么？我女儿和贩毒集团搞到一起去了？"

吴克双观察着赵树人的表情，道："你不知道？"

赵树人摊了摊手："我上哪儿知道去啊？我这个女儿，从来都不服我管教。我根本不知道她每天在社会上都结交些什么人。她怎么会误入歧途呢？吴警官，您是怎么确认这一点的，是不是搞错了？"

吴克双抬了抬手，道："不会错的，你现在能联系上她吗？"

赵树人道："我试试！"

他掏出手机，给赵欢颂打电话，电话里传来"对不起，您拨打的用户已关机"的提示音。

赵树人急了，又给女儿发微信，结果发现女儿已经把自己拉黑了。

赵树人顿时火冒三丈，拍了拍桌子："这个欢颂！居然手机关机，还把我拉黑了！"

吴克双深吸一口气，道："看来你也联系不上她。"

赵树人乞求道："吴警官，我女儿还小，不懂事，这种情况，法律上得怎么判啊？"

吴克双没有给出明确答复，只是说："我不是法官，判刑是法官的事情，我是警察，只负责办案。"

吴克双离开隆昌建筑公司，回到市局，来到禁毒支队的办公楼层。

禁毒支队的队长彭传锋是个身高一米八五的壮汉，他一见到吴克双，便关切地问道："吴队，郭队情况怎么样了？"

吴克双叹了口气："还在戒毒所。"

彭传锋道："吴队，有什么需要，我们禁毒支队可以随时支援！"

吴克双点点头，道："是这样，彭队，我想，我们刑侦支队和禁毒支队联合起来，进行一次针对北海，也就是山南贩毒集团的专项打击活动，你看如何？"

彭传锋立马答应下来："好啊，能和吴队合作，是我的荣幸！"

随后，在郑常来主持下，刑侦支队和禁毒支队成立了专案组。刑侦支队这边，何东维、贺立群和胡月全都参与进来。

彭传锋那边也派出了自己的精兵强将。

会议上，吴克双将一张山南的照片贴在白板上："他就是这个案子的主角，山南，当然他现在已经不长这样了。他整了容。我们目前还没有掌握他最新的样貌，根据郭队的描述，我们的画像专家画出了山南整容后的画像。"随后，他将一张素描画像贴在了白板上，"就是他！我跟郭队确认过了，画像专家画得十分吻合，请大家记住这张画像，记住这张脸。"

会议室里，所有人都盯着这张画像看。

吴克双接着道："根据郭队的描述，这个北海集团，已经秘密掌控了我市的毒品交易网络。我们该从什么地方着手侦破呢？这点，我想彭队更有经验，就请彭队来为我们讲一讲。"

吴克双坐下后，彭传锋起身，走到白板前，开始阐述："贩毒集团有了毒品，自然要销赃。毒品一般会流通到什么地方？自然是本市的各大夜总会、KTV、夜店之类的地方，甚至包括一些非法经营的洗浴中心和色情场所。所以，我们的突破口就在这些地方。先找到一批吸毒人员，通过他们找到经销商，再由经销商向上摸索，找到贩毒集团的负责人，最终找到山南的藏身地点！"

吴克双点点头，道："山南一直以北海的身份隐匿在背后，这次是他首次暴露自己的身份。他万万没想到，郭队能够活着回来。他渴望复仇的心理，导致他露出了马脚。这次，正是击垮北海，也就是山南贩毒集团的最佳时机！"

吴克双说着，起身将另一张照片贴在白板上，是赵欢颂的照片。他用马克笔敲了敲这张照片，道："这个女人，叫赵欢颂，是隆昌建筑公司董事长赵树人的女儿。同时，她也是山南的女朋友。正是她协助山南，绑架了郭队。大家记住她，只要找到她，相信一定能够找到山南！"

彭传锋道："这次很容易，山南多年前失踪，如果当时被捕，他就应该被判处死刑。所以，我们只要找到北海，并且证明北海就是山南，就可以直接击毙！"

这时，何东维举手了。

彭传锋点了点何东维，道："小何，请说。"

何东维道："彭队、吴队，我们可不可以从以前的吸毒人员着手，就是以前抓获的那些吸毒人员，或许他们能够联系上卖家。"

彭传锋道："这的确是一个思路，但是机会不大。贩毒集团很谨慎，他们得知这些人被抓捕，就会立刻切断联系，以防留下尾巴，被我们追踪。所以，我们的首要任务是找到一批吸毒人员，然后派我们的同志假装成吸毒人员，混入他们中间，找到卖家。"

随后，彭传锋将一张欢乐夜总会的照片贴在白板上，道："根据线人给的情报，今晚，有几个富二代会在欢乐夜总会的总统包间内吸毒。富二代平常会叫一些姑娘陪玩，那些姑娘呢，也很乐意。我们掌握了这几个富二代的电话，其中那个组局者，名叫莫聪，是伟业集团董事长的儿子，号称本市阔少一哥。我想，他平常认识的姑娘很多，难免会把一些姑娘忘记或者记混淆，所以，安排我们的女警给他打个电话，主动联系他，加入他的局。有谁愿意？"

贺立群看了看周围："咱都是大老爷们儿，队里也就一个女警……"

大家看向胡月，何东维立马道："老贺，你少说两句会死啊？欸，彭队、吴队，这可不行啊，胡月可没这方面的经验。"

没想到胡月主动请缨，道："我没问题！"

吴克双摇了摇头，说："不不不，小胡太单纯了，怕应付不过来，我有个更合适的人选。"

接着，这个合适人选就被叫到了会议室。

"什么，让我当这个卧底？"陈圆圆一脸难以置信，"我就是个接线员而已。"

贺立群道:"是啊,陈圆圆她不合适,你看她傻不拉唧的……"

陈圆圆指着贺立群的鼻子怒道:"你才傻不拉唧的,我不合适?我最合适了!不就是卧底吗,我干了!"

吴克双拍了拍手,道:"很好,那么,你这就给那个叫莫聪的阔少打个电话,你知道该怎么说吧?"

陈圆圆笑着拨弄了一下头发,说:"哎呀,知道知道,不就是撩个富二代吗?"

说着,陈圆圆用手机拨通了莫聪的电话。

电话那头,莫聪问:"喂,谁?"

陈圆圆腔调婉转,道:"哎哟,莫聪哥,是我呀!"

莫聪不耐烦道:"你谁呀?"

陈圆圆道:"我呀,圆圆呀,您不记得我啦?哎哟,您真是贵人多忘事儿。就那天的局,啊,对对对,就那天在游艇上,咱还一起喝了好几杯黑桃 A 呢。啊,对对对,您终于想起来啦。"

莫聪语调温柔起来:"哎呀,圆圆,找我什么事儿啊?"

陈圆圆道:"哎哟,莫聪哥,听说您今晚有个局,在那个什么欢乐夜总会。"

莫聪哈哈一笑:"你消息挺灵通嘛,果然是圈里人。"

陈圆圆笑了笑:"是啊,莫聪哥,你看,我能参加吗?"

莫聪道:"当然可以,来吧,来吧,晚上十点,最大的那个总统包间。你跟门口保安说你叫圆圆,莫聪哥请的,就行了。"

陈圆圆道:"那谢谢莫聪哥啦,晚上见,么么哒!"

莫聪道:"嗯呢,晚上见!"

挂掉电话，陈圆圆看着众人道："搞定啦，今晚十点！欢乐夜总会！"

众人被陈圆圆的演技惊到了，沉默片刻后，纷纷不由自主地鼓起掌来。

第十六章　欢乐夜总会

夜色笼罩城市，欢乐夜总会的金色招牌如同阳光朝四周辐射般招摇地闪烁着。晚上九点半，夜总会门口已经停满各色豪车，时不时有打扮时髦的男女或大腹便便的老板进出。

一辆面包车停在距离欢乐夜总会不远的黑暗角落里，面包车内已经被改造成了指挥室。吴克双和彭传锋在指挥车内，盯着屏幕。

陈圆圆穿着一身金色晚礼服，将身材勾勒得凹凸有致。她胸前的蓝宝石镶钻吊坠里，隐藏着一枚针孔摄像头；她左耳的耳道深处，塞着一枚针孔耳机。

九点五十，陈圆圆出发了，她朝欢乐夜总会走了过去。她问前台的女服务员道："请问莫聪哥在哪一间？"

女服务员道："请随我来。"

女服务员领着陈圆圆上楼，一路来到了三楼，顺着走廊，朝着最尽头的那间包房走去。

针孔摄像头实时将画面传回到指挥车的屏幕上。

包房外站着一名保安，陈圆圆对保安说："莫聪哥邀请我来的。"

保安问："你叫什么？"

陈圆圆拨弄了一下头发，道："人家叫圆圆啦。"

指挥车内，贺立群咬着汉堡，道："平常没见她这么说话啊，怎么这味儿啊？"

一旁的何东维拍了拍贺立群，道："演戏呢，演戏呢！"

只见保安点点头道："圆圆小姐，请进。"

保安打开门，陈圆圆走了进去。

门内十分喧闹，沙发最中央坐着一个穿着浮夸大牌夹克的男人，陈圆圆认出他便是莫聪。

莫聪旁边，几个不认识的男性正搂着美女喝酒。

这时，吴克双对着话筒，道："圆圆，主动一点。"

陈圆圆从耳机里听到吴克双的指令，一进门，就冲着莫聪道："哎哟，莫聪哥，好久不见啦！"

陈圆圆一边说着，一边扭着胯，朝莫聪走了过去，一屁股坐在了莫聪左侧。

指挥车内，贺立群咽下剩下的汉堡，道："我算是看不下去了。"在贺立群眼里，陈圆圆平常尖酸刻薄，没想到执行起任务来，还有这么风情万种的一面。这简直让贺立群这种直男大跌眼镜。

吴克双回过头对贺立群说："小贺，安静一点。"

贺立群立马不说话了。

夜总会包厢里，莫聪伸手熟练地揽住陈圆圆的肩膀，端起酒，说：“来，圆圆，喝一杯。”

陈圆圆笑了笑，接过酒，一股脑儿全干了。

就在这时，莫聪掏出一粒摇头丸递给陈圆圆，说：“来一粒？”

吴克双对着话筒道：“圆圆，千万不能吃，想办法搪塞过去。”

陈圆圆看着莫聪手里的摇头丸，伸手接过，说：“莫聪哥，我想先抽支烟。”

莫聪掏出烟盒，抽出一支烟，递给陈圆圆。陈圆圆将烟叼在嘴里，莫聪给她点上。陈圆圆立马吞云吐雾起来。

吴克双对着话筒道：“套他的话，问他摇头丸哪儿来的？”

陈圆圆听到指令，一边抽烟，一边问：“莫聪哥，你这糖丸哪儿来的啊？”

莫聪也点上一支烟，有些警惕地问：“问这个干什么？”

陈圆圆哈哈一笑：“莫聪哥，人家最近缺糖吃嘛。”

莫聪微微一笑：“那你先把我给你的糖吃了，我就告诉你。”

吴克双对着话筒道：“不准吃，想办法继续套话。”

陈圆圆看着手心里的摇头丸，心想，如果不装装样子，肯定套不出话来，于是将摇头丸塞进嘴里，又含了一口酒，她将酒咽了下去，摇头丸却仍留在嘴里。她假装擦嘴，顺手将摇头丸吐进手心里，甩甩手，扔到了沙发后面。

莫聪没有看出来，问：“怎么样，糖丸甜吧？”

陈圆圆假装摇头晃脑道：“够甜！哎呀，莫聪哥，现在可以告诉我这糖丸上哪儿买了吧？”

莫聪还是很警惕，问：“你之前上哪儿买的呀？”

指挥车内，彭传锋道："你说在哔哔哥那里，但是哔哔哥被抓了。"

陈圆圆听到指令，说："哎哟，之前是在哔哔哥那儿。你也知道，那个哔哔哥很不凑巧，前阵子被抓了。"

莫聪哈哈一笑说："这个哔哔啊，我早就知道他要出事儿。"

陈圆圆往莫聪身上蹭了蹭，像只小猫一样道："哎呀，对呀，他出事儿了，我就没糖吃了。莫聪哥，你货源稳定，帮我介绍介绍呗。"

莫聪拍了拍陈圆圆的肩膀，道："吃糖没意思，得打药。"

陈圆圆明知故问："打药？"

莫聪道："就是海洛因，打过没？那可比摇头丸爽多了！"

陈圆圆摇摇头，说："我听说过，但我从来不打那个东西，那个东西打多了，对身体不好，我吃吃糖丸就够了。"

莫聪喝了口酒，道："唉，没意思，出来玩的，就得放得开。糖丸都是小零食，海洛因才是正餐！"

指挥车内，吴克双对着话筒道："小陈，让他示范一下，现场吸！"

陈圆圆推辞道："莫聪哥，这，我实在是不敢啊，海洛因妹妹没试过。要不，莫聪哥，你示范一下呗。妹妹平常都是吃糖丸，还没见识过海洛因呢！"

莫聪哈哈一笑，将杯子里的酒一饮而尽："那说好啦，我打完，你也得来一针。"

陈圆圆道："好啊，莫聪哥，你先打一针给妹妹看看嘛。"

莫聪掏出海洛因，经过一些程序后，白粉化作了水，他抽了满满一吸管就往身体里打。这些全都被陈圆圆胸前的针孔摄像头录了下来，成了证据。

莫聪打完海洛因，十分舒服地躺了下来。这时，他的另外几个哥儿们也早都打了针躺下了。

指挥车内，吴克双和彭传锋商量了一下，他们都认为现在还不能抓人。现在抓人，夜总会就知道莫聪被逮捕，莫聪被逮捕的消息就会泄露出去，打草惊蛇，可能再也钓不出卖家了。

彭传锋对着话筒道："小陈，继续套他的话，人在打了海洛因的一瞬间，警惕性和意志力是最薄弱的！问他白粉是不是从虎哥那儿弄来的。"

陈圆圆主动趴在莫聪的胸膛上，反复抚摸，还对着莫聪的耳朵吹气，道："莫聪哥，你这白粉是不是从虎哥那儿弄来的呀？"

莫聪享受着海洛因带来的幻境，有些忘形："什么虎哥，他的货质量根本就不行。北海哥听说过吗，这货，是北海哥的，最纯！"

陈圆圆接着问："哦哦，那您是直接和这个北海哥联系吗？"

莫聪摇摇头，说："我联系不上北海哥，有一个中间卖家和我联系。"

莫聪意识游离道："明天我有个局，这个经销商也会参加，你打一针，我就带你去那个局。"

陈圆圆见莫聪意识游离，便接过莫聪的注射器，假装烧白粉，实际上是提前准备好的葡萄糖粉，然后将葡萄糖液抽进注射器里一些，特地在莫聪眼前晃了晃，说："莫聪哥，你看好啦！"

莫聪看着陈圆圆将针管里的少量灰白色液体打进身体后，哈哈笑了起来："好好好！我明天就带你去那个局！"

他们一直在包房里玩到凌晨四点，陈圆圆扶着酒醉的莫聪走出夜总会，拉开停在夜总会门口一辆豪车的车门。

上车前，陈圆圆道："莫聪哥，我们明天联系啊！"

莫聪做了个 OK 的手势，道："明天，我就带你去那个局！"随后，关上车门，司机驾车离去。

陈圆圆长舒一口气，回到了指挥车内。

一进指挥车，何东维便夸赞道："陈姐，可以呀！"

胡月也跟着夸赞起来："陈姐，你可真厉害！"

只有贺立群关心地问："我说陈圆圆，你不会真吸毒了吧？"

陈圆圆哈哈大笑起来："我说贺立群，你是真傻还是假傻啊？我会傻到去吸毒？那摇头丸我吐出来扔掉了，最后我打的也是少量葡萄糖水，你慌什么？无大碍！"

贺立群这才松了一口气。

陈圆圆冲着吴克双和彭传锋道："怎么样，吴队、彭队，我表现得如何？"

吴克双和彭传锋互相看了看，一齐给陈圆圆竖起了大拇指。

第十七章　龙渊山庄

第二天上午，吴克双到警局打了卡后，便去附近的早餐店打包了郭慕刀最爱吃的红油抄手，接着直奔戒毒所看望正在戒毒中的郭慕刀。此时，郭慕刀正在房间内做倒立式仰卧起坐，浑身的肌肉全都紧绷着，线条格外迷人。他已经练得满头大汗。

"老郭！"

吴克双站在房门口，敲了敲门。

郭慕刀这才结束倒立，打开了门。

吴克双向上提了提手里的红油抄手，道："老郭，我给你带了你最爱吃的红油抄手！"

郭慕刀痞痞地笑了笑，没有多说什么，接过红油抄手，坐在窗边，狼吞虎咽地吃了起来，一边吃一边道："我就想着这口呢！这戒毒所里的伙食，实在是太差了！"

吴克双苦笑着说："你还得继续辛苦一段时间，直到彻底把这毒瘾给戒了，就可以归队了。"

郭慕刀吃着红油抄手："没问题，不就是一毒瘾吗？不在话下，我分分钟就能给戒掉！"他吃着，还不忘关心案情进展，"两件事儿：第一件，徐洪兵失踪案查得怎么样了？第二件，对山南的追查有进展了吗？"

吴克双点了点头，道："先说第二件，我们昨天和禁毒支队合作，找到了一个叫莫聪的富二代。我们派陈圆圆接近他，他今天会安排一个局，在那个局上，山南的一个经销商会出现。我们决定利用这条线，顺藤摸瓜，找到山南。"

郭慕刀惊讶道："你是说，你们派陈圆圆去当卧底？"

吴克双道："是啊，陈圆圆天生是这块材料，三下五除二，把那个莫聪唬得一愣一愣的。"

郭慕刀哈哈一笑，道："行啊，老吴，你现在挺会用人嘛。对了，你还没说徐洪兵的案子进展得怎么样了呢？"

吴克双沉默片刻，说："目前我们的侦查重点是山南的案子，这是个大案。徐洪兵毕竟都失踪十年了——"

郭慕刀急了："那也得查啊，老吴，甭管失踪多少年，只要有疑点，这案子咱就得查！"

吴克双点了点头，道："查，没说不查，你别急啊，老郭。我是这么想的，我们一直都找不到罗森，或许山南这个案子就是个契机。"

郭慕刀问："怎么说？"

吴克双道："你忘了赵欢颂了？"

郭慕刀恍然大悟："原来如此，老吴。赵欢颂是山南的女友，保不齐这个山南就和赵树人有勾结。只要抓到了山南，证实了这一点，就可以抓住赵树人。到时候赵树人进了局子，我们再严加审问，徐洪兵的案子要是真和他有关，他没准儿就招供了。"

吴克双道："是啊，所以啊，现在的重点是抓住山南，只要抓住山南，没准儿徐洪兵的案子也一并解决了！"

吴克双说罢，看了看时间，对郭慕刀道："老郭，时间不早了，我得走了，还得安排晚上的部署。总之，你在这里好好休养。你放心，这俩案子，我一定会办妥的！"

吴克双离开戒毒所，回到了市局。车子停下，他走进便利店给自己买一杯美式，可是田田依旧不在，只剩下霍刚在柜台后面。

吴克双环顾了一下，目光把整个店铺都扫视一遍，还是不见田田的身影。

霍刚看出了吴克双的心思，道："吴警官，田姐她离职了。"

吴克双愣了一下："你说什么？她不是感冒了吗，怎么离职了？"

霍刚道："说是家里安排了别的工作，具体的我也不知道，反正田姐应该不会再来了。"

吴克双点了点头，心里很不是滋味儿，但也没有表露出来。他接过那杯美式咖啡，快步离开便利店，走进了市局的办公大楼。

四楼，刑侦支队的办公楼层，何东维、贺立群、胡月和陈圆圆正有说有笑，周围还聚集了一圈小警员。

何东维像是说书似的道："昨晚陈姐那表现，简直绝了。一走进欢乐夜总会的豪华包房，就把那个叫莫聪的富二代迷得五迷三道的……最厉害的，还是陈姐专业，那莫聪让陈姐吃摇头丸，陈姐假装吃了，其实嘴巴一抹，吐了，那傻富二代愣是没看出来！莫聪又让陈姐打海洛因，嘿，陈姐趁着莫聪不注意，来个狸猫换太子，用葡萄糖粉代替了白粉，成功骗过了莫聪。"

一众小警员听得直鼓掌，都夸赞道："陈姐厉害呀！"

"咳！"

这时，吴克双走过来，大家纷纷向吴克双敬礼："吴队。"

吴克双表情严肃道："都没事儿干，是吧？围在这里干什么？都回自己工位去！"

大家灰溜溜地散了。

吴克双来到陈圆圆面前，问陈圆圆："怎么样，莫聪联系你了吗？"

陈圆圆摇了摇头，道："还没。要不再等等？"

吴克双看了看时间，说："别等了，你主动联系他看看。"

陈圆圆主动给莫聪打了个电话，很快，莫聪接起来："喂，哪位？"

陈圆圆用夹子音道："哎哟，莫聪哥，这么快就把人家给忘了？"

莫聪听出了陈圆圆的声音，道："哦哦，是圆圆啊，找哥有什么事儿啊？"

陈圆圆道："莫聪哥，您又贵人多忘事儿了。您昨晚不是答应人家，今晚有个局，说是有个重要客人要参与吗？您说要带上人家的，人家可等了你一个上午了，你都没有联系人家。"

莫聪在电话里道："嗨，你说那个局啊，临时取消了。"

陈圆圆一愣，看了看吴克双，接着问："啊！为什么取消啊？昨晚不是说好了吗？"

莫聪笑了笑，说："对方临时取消，我也没办法。好啦，我还有别的事情要做，先不聊啦，就这样！"

莫聪挂断了电话。

陈圆圆放下手机，对吴克双说："吴队，那个局临时取消了。"

吴克双摸了摸下巴："从刚才你们的对话可以听出来，莫聪应该没有怀疑你。看来的确是对方临时取消了这个局。"

陈圆圆问："吴队，接下来怎么办？"

吴克双道："先稳住，今天就不要再继续联系莫聪了。先等几天，看看莫聪会不会主动联系你，他要是不主动，你就再主动联系他。"

陈圆圆点了点头道："好，钓鱼这事儿，我最擅长了，哈哈！"

三天后，陈圆圆的手机响了起来。果不其然，是莫聪打来的。陈圆圆接起电话："喂，聪哥，人家一直在等你的电话呢。"

莫聪在电话里道："今晚有个局要不要参加？那位贵客也在哦！"

陈圆圆回答："好啊！圆圆荣幸之至呢！"

莫聪道："那就今晚八点，龙渊山庄，老规矩，跟门口的保安说是莫聪哥邀请的，报上你的名字就行了。"

陈圆圆道:"好嘞,莫聪哥。么么哒!"

电话挂断了。

龙渊山庄位于龙渊山的半山腰,是一座徽派庄园式建筑,灰瓦白墙。

晚上八点,陈圆圆穿着一身凸显身材的蓝色晚礼服,戴着装有针孔摄像头的宝蓝色吊坠,左耳道里塞着隐藏式针孔无线耳机。

还是老样子,一辆指挥车停在龙渊山的密林中。车上,吴克双和彭传锋对着监视屏幕,指挥着这次行动。

陈圆圆来到龙渊山庄门口,保安将她拦了下来,陈圆圆说:"我是莫聪哥邀请来的,我叫圆圆。"保安这才放行。

陈圆圆进了龙渊山庄,在一位女服务员的带领下,朝山庄内部走去。只见这座山庄的庭院内,有假山和池塘,池塘上缭绕着雾气,犹如仙境一般。他们穿过回廊,往院子深处走,陈圆圆终于体会到了"庭院深深深几许"的意境。

最终,陈圆圆在女服务员的带领下,来到一个圆形房间。拉开门,陈圆圆走了进去。

圆桌前早已坐满了人,陈圆圆唯一认识的,就是坐在对门方向的莫聪。

一进门,陈圆圆便道:"莫聪哥,不好意思,我来晚了。"

莫聪哈哈一笑,道:"既然来晚了,可得自罚三杯!"

莫聪让服务员倒上三小杯白酒,陈圆圆想都没想就喝了下去,大家纷纷叫好。喝完后,她假装有些酒力不支,坐在了莫聪身旁。

之后，莫聪开始一一介绍。首先介绍的，自然是那位贵宾，坐在莫聪身旁的那个手戴佛珠的男人。

在莫聪的介绍下，陈圆圆得知，这个男人名叫山木，正是北海集团山南手下的一名毒品经销商。

之后，莫聪介绍的其他人，全都是这个山木的小弟。

很快，服务员上好了满满一大桌子菜，退了出去。

山木喝了一口酒，道："其实今天这个局，是专门为圆圆小姐准备的。"

陈圆圆笑了笑，说："山木哥，这话从何说起呀？"

山木笑了笑，那笑容格外瘆人："圆圆小姐，这次不是一个人来的吧？"

陈圆圆愣了一下，说："当然只有我自己啦，山木哥，人家不明白您这话什么意思。"

山木指了指陈圆圆的吊坠，道："这个吊坠，是针孔摄影头吧？你是吴克双的人。"

陈圆圆内心一惊，但还是装傻道："吴克双是谁啊？我不知道你在说什么欸，山木哥。"

莫聪道："山木，你是不是喝多了？"

山木笑了笑，指了指陈圆圆的脸说："我见过这张脸，为了防止有卧底混进来，每个月的警刊我都会看，你上过警刊。"

指挥车内，吴克双和彭传锋以及众人全都捏了一把汗："糟了！"

陈圆圆怔住了，不知道该如何回应。

山木拍了拍桌子:"检查她的吊坠!"

一名小弟起身来抢陈圆圆胸前的吊坠。陈圆圆虽然想极力护住，却无济于事，吊坠还是被抢了过去，拆开一看，里面果然是针孔摄影头。

莫聪大惊失色，冲着陈圆圆道:"你是警察?!"

山木失望地摇了摇头，说:"莫聪啊，莫聪，色字头上一把刀，我早就提醒过你! 把她带走!"

指挥车内，显示屏变成了一片雪花。

吴克双立马指挥道:"所有单位，立刻冲进龙渊山庄，救人!"

可是，当吴克双和彭传锋率队冲进龙渊山庄时，山木团伙已经挟持着陈圆圆逃走了。山木团伙是从龙渊山庄的暗道走的，这条暗道是山木团伙给龙渊山庄秘密运毒时使用的，极为隐蔽，如果无人告知，根本难以寻到。

第十八章　女警之死

龙渊山庄内部竟然没有监控，说是为了保证客人的隐私。

吴克双调取了龙渊山庄周围所有的监控，都没有发现山木团伙的踪迹。当时，吴克双和彭传锋的队伍第一时间就包围了龙渊山庄，也未见山木团伙出来。这只能说明一点，山木团伙要么还躲藏在龙渊山庄内，要么就是通过龙渊山庄内的某条密道逃走了。吴克双认为，龙渊山庄内存在密道的可能性极大。

他们找到龙渊山庄的老板丁兴旺。丁兴旺两鬓斑白、体格精瘦，约莫六十岁。一开始，他对龙渊山庄存在密道的事矢口否认。但吴克双认定自己推理的正确性，于是加大警力，对龙渊山庄进行了地毯式搜索，恨不得掘地三尺。经过整整一夜的搜索，他们成功找到了密道。

那条密道就隐藏在龙渊山庄庭院的一座假山后面，只要拧动假山上一块长有青苔的石块，回廊内的一块地砖就会打开，露出里面的密道。

"这密道是干什么用的？"吴克双问丁兴旺，"为什么一开始不承认有密道存在？"

丁兴旺像是装傻："这，我也不知道有密道啊。这山庄我是半路接盘的，也没人告诉我这里还有密道啊！"

吴克双一行人顺着阶梯进入密道，打开强光手电，顺着狭长的甬道一路向前走，大约走了半个多小时，终于来到了一扇石门前。吴克双摸索一番，找到了石门的机关，摁了下去。打开石门，他们发现已经来到了山的另一头的一条无名小路旁。原来这条密道贯穿了整座山。

吴克双看到了这条泥土小路上的许多车辙印，来回都停在石门外，说明经常有人来到这里，之后进入石门，通过密道进入龙渊山庄。

山木团伙正是通过这条密道，劫持着陈圆圆逃离了山庄。这条小路根本没有监控，无法得知他们逃去了哪里。

吴克双和彭传锋轮流审讯丁兴旺，但是他始终装傻，不肯说出密道是干什么用的。

吴克双和彭传锋基本能够猜出，密道大概是山木向龙渊山庄秘密运毒用的。为了证实这一点，他们又花了整整一天时间，对龙渊山庄进行了一次大清洗，果然找到了大量的毒品，包括海洛因、K粉、冰毒和摇头丸。

面对铁证和吴克双与彭传锋施加的双重压力，审讯室里，丁兴旺低下了头，承认了一切："我承认，密道是为了便于运毒。山木的人会在每周五将毒品通过密道秘密运到山庄里。"

吴克双语气严厉地问："都有哪些人到山庄吸毒？"

丁兴旺苦笑了一下："无非都是些社会名流，很多人还经常在电视上出现。我会列一份名单给你们，只要能争取减刑，让我做什么都可以。"

彭传锋问："那就告诉我们，山木和北海贩毒集团的秘密藏身点。"

丁兴旺摇了摇头，说："我也不知道。"

吴克双拍了拍桌子："事到如今，你还要隐瞒？我劝你还是老实交代，我们的政策你也知道，坦白从宽，抗拒从严，你现在交代，还能争取宽大处理！"

丁兴旺只是摇头，态度诚恳道："我真的没有隐瞒，我的确不知道啊。"

就在这时，吴克双的手机突然响了起来。他接起电话，一名警员告诉了他一个噩耗。

就在一小时前，天王山的山谷内，两名驴友正在爬野山。

这对驴友是一对夫妻，他们在密林间穿行着，突然发现前方躺着一个裸体的女人。他们走过去，发现女人已经死了，于是报了警。

提前赶到的民警封锁了现场，经过确认，死者疑似陈圆圆。

吴克双对彭传锋道："老彭，你接着审！"

他离开审讯室，驱车直奔天王山。

四十分钟后，车子在盘山公路的一个无名路段停了下来，路旁停了好几辆警车。吴克双下了车，闯进密林，一路向下，来到了山谷处，远远地便看到拉起的警戒带，以及维护现场的民警，还有正在忙碌搜索物证的现场勘查人员。

吴克双快步走向警戒带，亮出警察证，走进封锁圈。只见一个裸体的女人仰面躺在地上，吴克双一眼就认出了那张脸，的确是陈圆圆。

吴克双倒吸一口凉气，陈圆圆遍体鳞伤，生前一定遭受了非人的虐待。

他的心脏怦怦直跳，整个人都有些眩晕。

何东维、贺立群和胡月随后赶到现场，所有人都傻眼了。尤其是贺立群，他跪倒在地，整个人哭得难以自持。

很快，陈圆圆的遗体被送到了市局法医鉴定中心。

傍晚时分，验尸报告出来了，吴克双怀着沉重的心情来到法医鉴定中心法医学解剖室。

法医赵光明领着吴克双来到解剖台前。

赵光明正要撩开陈圆圆遗体上的白布，却被吴克双阻止了："老赵，直接说验尸结果吧。"

赵光明点点头，道："简单说吧。我在陈圆圆的身体里提取到了大剂量的海洛因，是足以致死的剂量。她的身上，无论是脖子，还是胸口、腹部、腿部，都有不同程度的烧伤、烫伤以及咬痕，还有大量鞭子抽打的痕迹。死前遭遇过性侵，以及非人的虐待。"

吴克双晃了一下，整个人像是要晕倒一样，他努力镇定下来，问道："死亡时间呢？"

赵光明道："死亡时间，可以确定在今天凌晨的四点到五点之间。"

吴克双拿着验尸报告，离开了法医鉴定中心。一路上他都有些恍惚。他感到后悔，不应该派陈圆圆去的。陈圆圆在警刊上露过脸，他应该想到这一点的。是他的疏忽害死了陈圆圆。

他无处泄愤，风一般冲进审讯室。他恨不得将丁兴旺暴打一顿，但是被彭传锋阻止了："老吴，你冷静一点！"

吴克双深吸一口气，努力冷静下来，然后拍了拍桌子，冲着丁兴旺大吼道："说！他们在哪儿？山木和北海集团，究竟藏在哪儿？"

丁兴旺被吴克双的气势吓得浑身直哆嗦，在吴克双的连环追问下，丁兴旺的心理防线被彻底攻破了。

他道："我想起来了，我想起来了，有一个地方，有一个地方。我曾经听山木的手下说过，那个地方，藏着一个他们的制毒工厂。"

吴克双猛拍桌子问："说，在哪儿？"

丁兴旺道："我想想，我想想……在，在，就在周海湖北面，有一座废弃的化工厂，他们秘密改造成了制毒厂。"

吴克双死死盯着丁兴旺的眼睛道："你确定？"

丁兴旺笃定道："我确定，他们还打算邀请我去那个制毒厂参观来着，但是我一直没去。"

吴克双立即打开笔记本电脑，利用卫星地图，搜索周海湖北面，果然在那里发现了一座化工厂。

吴克双立马和彭传锋一起离开了审讯室，率队直奔周海湖。

第十九章　关键审讯

　　鸭子，山南的马仔，是周海湖北面制毒工厂的负责人。三年前，山南的北海集团盘下这座工厂，之后改造成了制毒厂。早期的北海组织，依靠的是来自金三角的海运走私渠道走私而来的毒品，高价在内地市场销售，赚取差价。三年前，山南开始投资制毒厂，尝试自己制毒，一方面继续依靠金三角的货源，另一方面则开始自产自销。

　　当天晚上，鸭子正在制毒厂监督生产时，接到了一个电话："喂，北海哥。"

　　电话里，山南亲自询问道："工厂现在情况怎么样？"

　　鸭子回复道："一切正常，生产井然有序！"

　　山南道："我们被警察盯上了，先避避风头，工厂暂时关闭一段时间。"

　　鸭子道："好，北海哥，我这就停止生产，关闭工厂！"

　　此时，吴克双和彭传锋率领着缉毒队伍，在夜色的掩护下，已经秘密抵达了周海湖北面的制毒厂外。

彭传锋打了个手势，一群荷枪实弹的缉毒警察，立刻将整座制毒厂的仓库包围起来。

随后，吴克双做了个进攻的手势。

为首的一名缉毒警察，先往仓库侧面的窗口内扔了一颗烟雾弹，紧接着，他们用攻门槌撞开正门，冲了进去。

"是条子！"

仓库内，弥漫的白色烟雾中，鸭子大喊一声，掏出手枪，开始射击。一时间，仓库内枪声大作。

"抓活的！"

吴克双大喊一声，一群警察朝鸭子扑了过去，将他当场逮捕。

随后，鸭子以及制毒厂的十名工人，全都被带回市局。那十名工人全都是聋哑人，平常只能靠手语交流，不具备审讯的意义。目前的重点突破对象就是鸭子。

审讯室内，面对吴克双和彭传锋，鸭子低着头，什么都不肯说。

吴克双故意将一盏台灯对准鸭子的脸，将白色的灯光照到他的眼睛上，对他进行环境上的心理压迫。

吴克双问："姓名！"

鸭子回答说："鸭子！"

吴克双敲敲桌面，厉声道："真实姓名！"

鸭子沉默片刻，低着头，回答："刘甲鸣。"

吴克双接着问："年龄！"

鸭子回答说:"三十二岁。"

吴克双问:"知道自己犯了什么事儿吗?"

鸭子依然低着头,不说话。

吴克双冷笑:"我想你心里比我清楚。根据《中华人民共和国刑法》,贩卖海洛因五十克以上,就可以判死刑了。我们从你的制毒厂里搜出来的毒品,怕是要论吨算了。"

鸭子还是不说话。

吴克双接着道:"还是什么都不愿意说? 你知道我们的政策,你现在交代出你大哥北海的下落,算立功表现,可以争取死缓。知道什么是死缓吧? 或者,还可以争取无期徒刑,你知道无期徒刑也可能不关你一辈子,只要在监狱里表现良好,就可能减刑到二十年。你今年才三十二岁,二十年后出来也才五十二岁,总比死了强。你说呢?"

鸭子始终低着头,不说话。

这时,彭传锋掏出塑封袋,里面装着一部手机。他将袋子在鸭子眼前晃了晃,说:"这是你的手机吧。开机密码是多少? 我想你也不肯说,不过我们的技术人员很顺利地破解了密码。我们查看了你的通讯录,一个电话都没存,这么谨慎啊。通话记录里,在我们抓你之前,有一个电话曾打进来过,你还没来得及删。要不要我现在打回去啊?"

鸭子看了眼手机,还是不肯说。

彭传锋接着道:"我查了这个号码的归属地,是一个国外的号码,查不到归属人。我想,既然这个电话是打给你的,应该也是你们集团的人吧？在我拨通这个电话之前，你告诉我这个电话是谁打的，还能算你立功……"

鸭子终于坚持不住了，内心巨大的煎熬折磨着他，他不想被判死刑，只能开口道："是老大打来的。"

彭传锋看了看吴克双，吴克双问："是北海打给你的？"

鸭子点了点头，道："是的。"

吴克双问："北海现在在哪儿？"

鸭子回答说："我也不知道。"

吴克双猛拍桌子："还不老实！"

鸭子哆嗦了一下，说："我是真不知道啊，吴警官！北海一直都行踪诡秘，我们这些当小弟的，怎么可能知道老大在哪儿？"

吴克双和彭传锋交流片刻，吴克双走出审讯室，找到了技术人员："假设我给一个人打电话，对方接了，你锁定对方所在位置需要多久？"

技术人员道："至少需要持续通话三十秒！"

吴克双走进审讯室，技术人员将定位设备调试好。吴克双将鸭子的手机递给他，道："给你老大打电话，至少通话三十秒，不许耍花招儿！"

鸭子接过手机，回拨了北海的电话，很快，对面接通了："喂，老大。"

北海问："仓库没事儿吧？"

鸭子回答："没，没事儿，我已经按照您的指示，把工厂关掉了。"

北海道："很好。"

鸭子问："那我接下来该怎么办啊，老大？"

北海说："接下来，你就不要再冒头了，休息一段时间，等我回来。"

鸭子问："等您回来？老大您这是外出了吗？去哪儿啊？"

北海警惕道："不该你问的，别多问。"

电话随即挂断了。

已经有三十秒了，技术人员做了个 OK 的手势。

吴克双问技术人员："定位在哪儿？"

技术人员道："在公海上，已经靠近越国了！"

吴克双深吸一口气，一拳捶到了墙上："妈的，就这样让他跑了！"

彭传锋分析道："机场、码头全都有通缉令，所以，山南不可能是走正式渠道跑的。他一定走的是毒品走私渠道，先乘坐快艇到公海上，然后在海上直接换走私船前往越国。"

为了争取死缓，鸭子供出了更多内容。

鸭子交代说："其实北海一直利用毒品和精神控制操纵欢颂，利用欢颂从赵树人那里获得资金支持。"

果然，和吴克双猜测的一样，赵树人和北海贩毒集团有关。

吴克双问："赵树人知道自己女儿在北海的蛊惑下染上了毒瘾？"

鸭子点了点头，道："知道。"

吴克双问："赵树人为什么不报警？"

鸭子回答说："一是他知道北海不择手段，二是他有把柄在北海手中。"

"把柄？"吴克双皱了皱眉，"什么把柄？"

鸭子交代："山南为了控制赵树人，让欢颂在赵树人的饮食中放了毒品。"

吴克双倒吸一口凉气："赵树人因此染上了毒瘾。"

鸭子接着道："山南利用这一点，让赵树人为他的贩毒组织提供长期的资金支持。"

吴克双问："你能提供相关证据吗？"

鸭子为吴克双和彭传锋提供了赵树人和北海贩毒集团有利益纠葛的证据。为了进一步控制赵树人，山南命令鸭子在每次和赵树人交易时都用针孔摄影头录了像，这些就是决定性证据。

第二十章　关键证人之死

好再来 KTV 的豪华包厢内，赵树人正在陪客户喝酒唱歌，应酬生意。吴克双和彭传锋带队推开门，闯进了包厢："赵树人，现在怀疑你和一系列毒品贩卖交易有关，请跟我们走一趟！"

原本喧闹的包厢一下子安静下来，所有人都用异样的眼光看着赵树人。

还没等赵树人开口说话，何东维就上去给赵树人铐上了手铐，蒙上黑色头罩带出去，送上警车，一路开回市公安局。

市公安局的审讯室内，吴克双和彭传锋对赵树人进行联合审讯。

吴克双一脸严肃，问："赵树人，知道自己犯了什么事儿吗？"

赵树人装傻："吴警官，你是不是抓错人了？"

吴克双道："赵树人，现在老实交代，还来得及。"

赵树人愣了一下，继而摇摇头，说："我交代什么？我什么也不知道啊！"

吴克双冷笑起来："你是不见棺材不落泪啊！"

吴克双打开笔记本电脑，将屏幕转向赵树人，里面播放的正是赵树人和鸭子交易时的录像。

赵树人傻了眼，浑身冒汗："这，这……"

彭传锋用力拍了拍桌子："赵树人，铁证如山！你还有什么好说的！鸭子已经把你供出来了，现在人证、物证俱在！你还有什么可狡辩的？"

赵树人哆哆嗦嗦，豆大的汗珠从额头上滑落下来，过了好一会儿，他竟然哭了起来："我也是没办法呀。我女儿被那个叫北海的害了，染上了毒瘾。我女儿受他控制，给我下了毒品。我也是不得已，才上了那个北海的贼船啊！"

面对铁证，赵树人不得不松了口，交代了和北海集团进行资金交易的大量事实。

吴克双乘胜追击："赵树人，我问你，徐洪兵失踪，是不是和你有关？"

赵树人却咬死不承认。他知道，现在供出得越多，离死刑就越近一步。他知道，他目前的罪行，还有争取死缓或无期徒刑的转圜余地，一旦承认徐洪兵的案子和自己有关，就只能是死刑了。于是他矢口否认："徐洪兵的案子不是早就有定论了吗？他挪用公司的公款，畏罪潜逃，和我有什么关系啊？"

吴克双面无表情，但语气凶狠，说："赵树人，我迟早会找到证据的！"

接下来整整一个月，吴克双在鸭子的供词帮助下，对北海集团留在本市的各大势力进行清查，但是并没有抓到经销商山木。

吴克双猜测，山木应该和山南一起逃往越国了。

一个月后，郭慕刀凭借顽强的意志，成功戒掉了毒瘾，从戒毒所出来了。其实，第二十天的时候，他就已经克服了毒瘾，观察十天后，毒瘾没有再发作，戒毒所的医生判断郭慕刀戒毒成功。

那天傍晚，吴克双开车在戒毒所门口等候。郭慕刀走出戒毒所，上了车，整个人看上去瘦了十几斤。

吴克双问："到饭点了，吃点什么啊？"

郭慕刀答："火锅！老渝火锅！"

吴克双做了个便秘的表情："啊，又吃那个辣得屁股开花的火锅啊？"

郭慕刀哈哈一笑道："我说老吴，你这比喻可太精辟了！"

吴克双无奈道："非得吃那个吗？"

郭慕刀点了点头，道："我在戒毒所里就想着这一口呢！"

吴克双深吸一口气："行行行，今天就满足你，去吃老渝火锅！"

吃完老渝火锅，两人回家。吴克双刚吃完便觉得自己的肠道有了反应，一到家便冲进厕所，一屁股坐在了马桶上。

郭慕刀站在厕所门口调侃道："老吴，你这不行啊，怎么说开花就开花了？"

吴克双隔着门大喊："去你大爷的！我就说这火锅不能吃，你偏要吃！"

当天晚上，郭慕刀睡得很香，他再也没有做那个梦了。他终于战胜了自己的心魔，不再梦到自己做卧底的那段日子。

第二天一早，郭慕刀做好早餐，和吴克双一起吃完之后，便驱车直奔市局。

在市局停车场，郭慕刀看了眼便利店，问吴克双："跟田田发展得怎么样了？"

吴克双回答说："田田早离职了。"

郭慕刀道："就这么不声不响地走了吗？哎呀呀呀，太可惜了。那咖啡你还喝吗？"

吴克双面无表情道："喝，怎么不喝。"

吴克双下了车，朝便利店走去。他看着柜台，期待着田田再次出现……

这时，身后传来了郭慕刀的歌声："你会不会忽然地出现，在街角的咖啡店，我会带着笑脸，挥手寒暄，和你，坐着聊聊天……"

这次吴克双没有怼郭慕刀，只是接过霍刚手里的咖啡，转身离开了便利店。

郭慕刀跟在身后，吹了吹口哨，道："我说某些人啊，人家在的时候你不抓住机会，现在离开了，连个微信都没有。好在呢，兄弟我，早就加了田田的微信……"

吴克双立马停住脚步，转身道："你有田田的微信？"

郭慕刀点点头，道："是啊，早就加了，要不要我推给你呀？"

吴克双道："我说你什么时候加的呀？我不是都跟你说过，叫你不要招惹田田嘛！"

郭慕刀一脸无语道:"我还不是为你加的吗?真是那什么咬吕洞宾,不识好人心。你到底要不要?"

吴克双点了点头,道:"快给我!"

郭慕刀哈哈一笑,在手机上操作了一下,说:"推给你啦,你快加她。"

吴克双向田田发送了验证申请,然后和郭慕刀一起走进了市局的办公大楼。

走到四楼,气氛一下子沉默了。以往,吴克双和郭慕刀来到四楼,都会听到何东维、贺立群、胡月和陈圆圆聚在一起有说有笑。如今,却再也听不到了。一个多月来,大家都很沉默,因为陈圆圆的牺牲,大家都很难过,还没有从悲痛中走出来。

郭慕刀一出现,大家都露出了欣喜的神色,纷纷道:"郭队,你回来啦!"

郭慕刀向他们点点头,刚要说些什么,陈圆圆桌上的电话忽然响了起来。胡月暂替陈圆圆的接线员职务,她接起电话,脸色一变——有凶案发生了!

吴克双和郭慕刀立即带着何东维与贺立群出警。三十分钟后,警车停在一座城中村的入口处,四人下车,步行进入城中村。

和其他城市的城中村一样,这里脏乱差,密集交错的电线在头顶密布缠绕,遍地都是垃圾,恶臭味从一旁的沟渠中散发出来。

城中村中央的一座三层小楼外,已经聚满了围观群众。大家议论纷纷,对着这幢小楼的三楼指指点点。

小楼已经被提前赶到的民警封锁，拉起了警戒带。

吴克双一行人来到警戒带前，向民警亮出警察证，然后撩开警戒带走了进去，顺着楼道来到三楼。

当他们进入三楼左侧的那套房子时，一股浓烈的尸臭味扑鼻而来。房子的面积不大，只有四十多平方米，一走进去便是客厅，一条走廊通向厕所和卧室，那股恶臭味便是从厕所传来的。

吴克双一行人朝着厕所走过去，只见一个男人倒在地板上，胸前插着一把刀。死者已经高度腐败，尸水混着血水流了一地，都已经干掉了。看上去，死者起码死了一个多月了。

死者是租客，报案人是房东太太孙艺。

孙艺说："他是我的租客，已经两个月没交房租了，我在微信上催了好几次，也不见回复。今天一大早，我就来催租，结果敲门没人应，就用钥匙开了门，然后就闻到了一股恶臭味。我循着臭味走进厕所，一看，人已经死了，就立刻报警了！"

吴克双问："这个租客叫什么名字？"

孙艺道："叫罗森。"

吴克双和郭慕刀听到这个名字，立马打了一个激灵。

郭慕刀问："四夕罗，森林的森？"

孙艺点了点头，道："是的。"

郭慕刀和吴克双很快找到了罗森的家人，证明了死者身份，并且在对其家人的询问中了解到，这个罗森在十年前，作为建筑工人，的确参与过华苑商场的建造！

郭慕刀兴奋道："看来和我们猜测得一样，罗森的确曾经在华苑商场的建筑工地工作，他的名字被隆昌建筑公司删除了！"

罗森的尸体被运往市局法医鉴定中心的同时，郭慕刀和吴克双一起来到了看守所，临时提审赵树人。

面对郭慕刀和吴克双的质疑，赵树人十分淡定，他说："工人那么多，难免会记错或者记漏一两个。"

吴克双猛拍桌子道："赵树人，是你派人杀了罗森，对不对？"

赵树人一脸无辜，道："吴警官，你在说什么啊？难不成你们警方办案，是靠猜测，不是靠证据？"

吴克双冷笑道："我们会抓住凶手的！"

第二十一章　真凶落网

傍晚时分，法医赵光明完成了全部的验尸报告。他格外疲惫，于是舒活了一下筋骨，走出解剖室，为自己泡了一碗方便面。赵光明已经五十多岁了，他这个人话不多，但是十分敬业。吴克双接到通知，马不停蹄地来到法医鉴定中心。赵光明已经吃完了泡面，正在喝汤。他见到吴克双，放下碗，指了指解剖室方向，什么也没多说，就领着吴克双去看尸体。

解剖台前，赵光明熟练地撩开覆盖住尸体的白布，开始给吴克双介绍起尸体的情况："死者，男，身高 168 厘米，生理年龄 35 岁。死因是利刃刺中心脏导致的心包堵塞、心脏骤停，以及失血性休克。死亡时间，确定在一个多月前，由于死了太久，无法确定具体日期。现场以及凶器上没有发现可疑指纹，但是找到了不属于死者的毛发，提取了 DNA，是一名男性的 DNA。"

吴克双离开法医鉴定中心，回到刑侦支队，此时郭慕刀已经从天网监控中心回来了。

吴克双问："监控查得怎么样？"

郭慕刀摇摇头说:"城中村情况很复杂,到处都是出入口,周围的监控盲区很大,根本无法准确查到一个月前究竟是谁去了案发现场。"

两人走进办公室,吴克双给自己和郭慕刀分别泡了一杯咖啡。两个人开始分析起来。

郭慕刀说:"老吴,我还是先假设。首先,假设罗森的死和赵树人有关,那么动机就有了,赵树人杀罗森,就是为了灭口,因为罗森极有可能是当年目睹赵树人掩埋徐洪兵的关键证人。那么,赵树人要杀罗森,多半不会亲自动手,他可能会雇凶杀人,所以,我们只需要查他的银行账户的走账记录,没准儿就能找到凶手。"

吴克双对郭慕刀的思路表示认同。两人通过联网系统,查到了赵树人名下所有的账户,之后去相关银行进行逐一查询,发现赵树人在一个半月前,也就是徐胜男坠楼死亡的五天前,曾经到中国银行开元路分行取了一百万现金。这笔钱非常可疑,吴克双和郭慕刀怀疑,这正是赵树人用来买凶杀人的钱。

很快,吴克双和郭慕刀查到了这笔钱的编号,并将这笔钱列入黑钱名单进行查询。果然,查到农业银行格栅路分行的 24 小时柜机,一周前有人存入一笔两千元的编号内的黑钱,收款账户户主叫王泽栋。他们调取监控,发现存钱的人和王泽栋身份证上的照片吻合,是同一个人,于是开始实施抓捕。

美猴王夜店,人声鼎沸,城市里的年轻人聚集于此,在 DJ 疯狂的打碟声中纵情摇摆着。

王泽栋今年二十五岁，是美猴王夜店的一名酒水销售。当天晚上六点，他刚刚招待好一桌客人，吴克双和郭慕刀便率队冲进美猴王夜店，朝王泽栋走了过来。

　　王泽栋看到警察，放下手里的酒便跑。

　　"公安局的！别跑！给我追！"

　　吴克双大喝一声，和郭慕刀一起追了上去。

　　王泽栋一路狂奔，从后门冲出了夜店。

　　吴克双和郭慕刀率队在后面疯狂追赶。很快，王泽栋被逼到了一个死角。

　　"跑啊！我看你还怎么跑！"吴克双大声呵斥，冲上去一把将王泽栋按翻在地，反手铐上手铐，带上警车，送回了市局。

　　市公安局刑侦支队的审讯室内，王泽栋面对吴克双和郭慕刀，哆哆嗦嗦的，低着头，大气都不敢喘。

　　吴克双例行讯问："姓名！"

　　王泽栋声音发颤道："王，王泽栋。"

　　吴克双问："年龄！"

　　王泽栋道："二，二十五岁。"

　　吴克双问："知道自己犯了什么事儿吗？"

　　王泽栋犹豫片刻，点了点头，说："知道，知道。"

　　郭慕刀笑了笑："知道就好，你涉嫌收黑钱，故意杀人。"

　　王泽栋听到"故意杀人"四个字，立马慌了："故意，故意杀人？我，我没有啊！"

吴克双拍了拍桌子，厉声道："还敢抵赖！"

王泽栋吓得快要哭出来："我，我，我真没有杀人啊，警官！"

郭慕刀问："一周前，你是不是往你的农行账户存过两千块钱？"

王泽栋道："是，是，是存过。"

郭慕刀道："那你知不知道，那笔钱是涉嫌买凶杀人的黑钱？"

王泽栋一脸紧张和无辜："什么？买凶杀人？黑钱？我不知道啊，那笔钱是一个客人给我的小费。"

郭慕刀冷笑起来："客人？给你两千块钱小费？什么客人出手这么大方？"

王泽栋哆哆嗦嗦道："他……我也不知道啊，反正就是很大方……"

郭慕刀问："钱到底怎么来的，说清楚！"

王泽栋深吸一口气："事到如今，也没啥不能说的，总比故意杀人的罪名要好。其实，我也是前两天才到夜店里干活儿，之前，我都在场子里。"

郭慕刀道："场子里？你是说色情场所？"

王泽栋点了点头，道："我之前一直在场子里，那天来了个客人，出手很大方，一进来就叫了两个红牌姑娘包夜，还给了我两千块钱小费。我估计他当时喝多了，不然哪儿能给我两千啊。我就把这两千块钱拿去存了起来。"

郭慕刀和吴克双互相看了看，郭慕刀接着问："在场子里工作，这么赚，还收了两千块钱小费，为什么不干了？"

王泽栋道:"不是不干,这段时间不是严打吗?我怕被抓,就暂时离开几天,到夜店里当销售,反正客源也差不多,在夜店里干活儿也挺赚钱的,介绍好一单生意,酒水抽成能拿不少呢!"

吴克双问:"既然那个人给了你小费,他应该加了你微信之类的吧?"

王泽栋点了点头,道:"加了,加了!说是以后有什么好的姑娘,让我第一时间介绍给他。"

吴克双又问:"场子还开着吧?"

王泽栋点头道:"开着,开着呢!"

吴克双道:"你回到场子去,接着干。"

王泽栋没明白:"啊?"

吴克双道:"我们会盯着你的。给那个客人发消息,就说有新的姑娘到了,让他到场子里消费,他一到,立马通知我们,懂了吗?"

王泽栋连连点头:"懂了,懂了!"

审讯结束已经很晚了,吴克双和郭慕刀离开市局,到附近的一家大排档吃消夜。

两人点了一些羊肉串、臭豆腐、烤韭菜之类的。

郭慕刀一边撸串儿,一边问:"欸,老吴,田田加你没啊?"

吴克双看了看微信,摇摇头,有些失落,道:"没呢!"

郭慕刀劝道:"再加啊,兴许没看见呢?"

吴克双叹了口气:"哎呀,算了,算了,随缘吧。"

郭慕刀放下手里的羊肉串，一本正经道："那怎么能随缘呢？老吴，我觉得你俩特有夫妻相，适合在一起生个大胖小子。"

　　吴克双道："去去去，吃你的羊肉串，还大胖小子呢，人都没影了。"

　　郭慕刀舔了舔嘴唇上的辣椒面，道："那是你勇气不足。不如这样，我这不是有她微信嘛，我给她打个语音电话，你来接，怎么样？"

　　吴克双立马阻止："我去，你别搞事啊！"

　　郭慕刀道："你看你那样儿，大老爷们儿，就是得主动一点，难道你指望人家姑娘主动啊？"

　　吴克双道："我主动了啊，她，她不加我怎么办？"

　　郭慕刀无可奈何道："我帮你说说，提醒提醒她？我觉得她就是看漏了，话说，你加她的时候，验证信息怎么写的来着？"

　　吴克双道："没写。"

　　郭慕刀立马明白了："嗨，你得写啊，你说你是吴克双吴大警官，人才能加你啊。你啥都不写，她怎么加你？万一是个色狼怎么办？"

　　吴克双无奈道："好啦好啦，快吃吧，再不吃凉了。"

　　一周后，夜里十一点半，王泽栋向吴克双发来消息："吴警官，那个客人来了！"

　　吴克双和郭慕刀连夜着便装出动。

　　王泽栋给吴克双和郭慕刀发了个定位，定位在一个超市门口。

两人来到超市门口后，给王泽栋发去消息："到了。"

十分钟后，王泽栋从一个小区的侧门走了出来，向他们招手。

吴克双和郭慕刀跟着王泽栋，走进小区，进了一幢公寓楼，顺着电梯来到了二十二层。

王泽栋道："人就在 2205 号房内。"

三人来到 2205 号门口，王泽栋敲了敲门，道："贵宾、贵宾，我给你送红牛来了！"

里边传来一个男人的声音："滚！"

吴克双和郭慕刀相互看了看，点了点头，抽出手枪。

接着，吴克双猛踹两脚，踹开了 2205 号的房门。

"不许动！警察！"

吴克双和郭慕刀冲进房间，只见一对男女一丝不挂地在床上。面对枪口，男人掀起被子朝吴克双和郭慕刀扑了过来。

男人撞开他们，赤身裸体冲出门外。

"追！"

吴克双和郭慕刀转身追了出去。男人冲进楼梯间，向下狂奔。吴克双和郭慕刀也追进了楼梯间。

追到十五楼，郭慕刀跃过栏杆，一个飞跃，将男人踹翻在地。

男人和郭慕刀在地上扭打起来，吴克双立马冲上去，二人合力，将男人制伏，铐上了手铐。

把男人押送回市局后，提取了他的 DNA，经过比对，和案发现场发现的毛发的 DNA 吻合。这个男人，就是杀害罗森的凶手！

男人名叫周东怀，四十三岁，无业。

审讯室内，周东怀面对铁证，承认了一切。

"的确是赵树人找了我。"周东怀交代，"他给了我一百万，要我杀两个人。"

吴克双问："哪两个人？"

周东怀道："徐胜男和罗森。他先给了我五十万定金，事成后，再付剩下的五十万。为了防止他不给尾款，我把他让我杀人的电话都录了音。"

第二十二章　沉冤昭雪

吴克双和郭慕刀一起来到看守所，提审赵树人。赵树人仍负隅顽抗，吴克双当着赵树人的面，播放了他雇用周东怀杀害徐胜男和罗森的电话录音。

"人证、物证俱在，你还有什么可狡辩的？"吴克双道。

录音播放完毕，赵树人满头是汗，沉默良久。

郭慕刀深吸一口气，道："交代了吧，你现在没什么可抵赖的了。"

又过了好一会儿，经过内心反复挣扎，赵树人终于开口了："我承认，徐胜男和罗森的死和我有关。是我雇用周东怀杀了他们。"

郭慕刀问："动机是什么？"

赵树人回答说："和你们猜测的一样，与十年前徐洪兵的失踪有关。"

在赵树人的叙述中，时间仿佛回到了十年前。

十年前，隆昌建筑公司负责建设的华苑商场破土动工，正在挖地基。当时，赵树人是华苑商场建设工作的总负责人。

那天晚上，天空飘着蒙蒙细雨。

本市规定，禁止夜晚噪声施工，所以到了晚上九点，工地就停工了，所有工人都回到工地旁的宿舍休息。

赵树人还有财务许文杰，带着上好的茅台酒，敲响了徐洪兵办公室的门。

徐洪兵正在看图纸，听到敲门声，便问："谁呀？"

赵树人隔着门道："是我，老赵。"

当时，徐洪兵作为华苑商场建设工程的项目监理，已经发现赵树人收回扣购买劣质工程材料的事情，正准备上报当时的董事长谢隆昌。他知道赵树人的来意，于是拒绝道："我很忙，没什么事儿就不要打扰我了。"

办公室的门没锁，赵树人厚着脸皮，推开了门，和许文杰一起笑嘻嘻地走进了办公室。

赵树人晃了晃手里的茅台酒，说："老徐，我带了茅台，咱哥三个，喝点儿？"

徐洪兵态度坚决，不愿意与赵树人为伍，没好气道："我不跟你们喝，你们出去，给我出去！"

赵树人死皮赖脸道："哎呀，老徐，有些事情不是你想象的那样。"

徐洪兵冷笑："呵，别以为我不知道，何止这个项目，你赵树人以前收了多少分包商的回扣，你自己心里清楚。这事儿，我明天就会上报董事长，你等着！"

赵树人道："哎呀，老徐，你别这样，别这样，大家都是好哥们儿。"

徐洪兵刚正不阿："谁跟你这种人是哥们儿？"

赵树人乞求道："老徐、老徐，你念在我们同事一场，放过我，放我一马。钱，我分你一半，怎么样？"

徐洪兵又冷笑了一声："我才不稀罕你那些脏钱！我要回宿舍睡觉了，明天我就见董事长，把你俩干的那些脏事儿全都抖出来，看董事长怎么收拾你们！"

徐洪兵说罢，绕开赵树人和许文杰，朝着办公室门口走去。

就在这时，赵树人抄起手里的茅台，朝着徐洪兵的后脑勺砸了下去。"砰"，酒瓶砸了个稀碎，酒洒了一地，徐洪兵应声倒地。

一旁的许文杰慌了："老赵，你干什么？"

赵树人不理会许文杰，而是将倒在地上昏迷不醒的徐洪兵翻过来，骑在他身上，死死地卡住他的脖子，道："你不仁，休怪我不义！"

他越掐越用力。

"老赵！松手！松手！会死人的！你疯了吧？"许文杰急忙上前拉扯赵树人，但是根本没法扯开。

"我就是要他死！"

赵树人杀意已决。

持续两分钟后，徐洪兵彻底断了气，赵树人这才松手。

"还愣着干什么？和我一起，把尸体抬到地基里去！"

就这样，两人在夜色掩护下，将徐洪兵的尸体抛入地基，之后开动推土机，将徐洪兵的尸体彻底掩埋了。

审讯室里，听完赵树人的叙述，郭慕刀和吴克双全都倒吸了一口凉气。

吴克双道："所以，你害怕徐洪兵举报你收受贿赂，于是起了杀心，把他给杀害了？"

赵树人点点头，道："是的。"

郭慕刀问："那为什么时隔十年，又对徐洪兵的女儿徐胜男起了杀意呢？"

赵树人道："这么些年，因为徐洪兵的死，我一直夜不能寐，生怕事情败露。我在网上搜索，找到了徐胜男的微博，发现她转发了周骏的博文。博文里写到，他们找到了当年在华苑商场建筑工地的工人罗森，罗森亲眼目睹了我和许文杰将一具尸体埋在了地基里。我只好雇了杀手，去除掉徐胜男和罗森。但是，还没来得及杀掉周骏，周骏就跑到华苑商场自爆了。"

郭慕刀问："周骏的博客也是你——"

赵树人承认："为了防止博文扩散，我买通了红星科技公司的博客负责人钱兴隆，让他注销了周骏的博客。"

郭慕刀接着问："罗森的名字，是你从建筑工人的名单中删除的吧？"

赵树人道："是。"

吴克双问："那徐洪兵挪用公款……"

赵树人道："是我伙同许文杰，伪造了账目，诬陷徐洪兵挪用公款。"

吴克双和郭慕刀率队火速逮捕了许文杰和钱兴隆。两人在审讯室内，对自己的罪行供认不讳。

之后，警方组织挖掘队伍，在赵树人的指引下，对当年埋藏尸体的华苑商场地基区域进行挖掘。

拆除商场显然不可能，只能对赵树人确定的局部小范围进行挖掘。

"是这儿吗？"在华苑商场的地下三层（最底层）内，吴克双和郭慕刀要求赵树人确认挖掘地点。

赵树人仔细回忆之后，确定地说："是这儿！"

随后，警方在东南方向的一个区域画了一个四平方米的圈。这个圈便是赵树人当年在地基掩埋尸体的确切位置，之后警方就开始针对这个圈进行挖掘。

经过一天多的挖掘和寻找，一直向下挖掘了十米深才最终找到了尸骨。和徐洪兵还在世的老母亲比对过 DNA 后，确定死者正是徐洪兵。老母亲抱着自己儿子已经化作白骨的尸体，哭得撕心裂肺。

至此，这桩长达十年的失踪案宣布告破。

媒体纷纷报道了此事。

最终，法院判决赵树人死刑立即执行，周东怀被判处死刑立即执行，许文杰被判处无期徒刑，钱兴隆被判处有期徒刑三年。

十年时间，黎明难至，终于拨开迷雾，沉冤昭雪。

第二十三章　相亲失败

天空一片阴沉，已经是深秋了。今天是陈圆圆的生日。警察墓园，寒冷的秋风扫过一座座墓碑，野草和落叶萧瑟，周围是群青色的山，山上房屋寥落，有炊烟升起。青蓝色的炊烟袅袅而上，与铅灰色的云层相接，不知人的灵魂是否能够如同那炊烟一样，直抵天堂。

吴克双、郭慕刀、贺立群、何东维、胡月来到墓园，走上一级又一级阶梯，来到了陈圆圆的墓碑前。

他们站在墓碑前，就那么站着，凝视着墓碑上陈圆圆的遗照，许久都不发一语。

过了好一会儿，吴克双才开口道："圆圆，今天我们给你过生日来了。"

吴克双才说完，贺立群便哭了出来，大家都看得出来，他是喜欢陈圆圆的。

吴克双看着贺立群哭，内疚和自责再度泛起，他双拳紧握，对陈圆圆说："圆圆，相信我，我会抓住山木和山南的！我们会为你报仇的！"

离开墓园的时候，天空飘起了蒙蒙细雨。

众人回市局各自忙各自的工作。接替陈圆圆的女警员叫崔念，很文静。一下午，大家都在平淡中度过。晚上下了班，吴克双和郭慕刀收拾好心情，回家了。

吴克双还是没能加上田田的微信，也不知道为什么，他问郭慕刀："欸，你不是有田田的微信吗，能给我看看她的朋友圈吗？"

郭慕刀痞痞一笑，道："你看，你还是对人家有意思。早说嘛，不过，她好久都没发朋友圈了，我给你找找啊！"

郭慕刀找了找，说："糟了！"

吴克双问："怎么了？"

郭慕刀道："我看不见她的朋友圈了，她不会把我给删了吧？"

吴克双道："不至于吧。"

郭慕刀道："不行，我给她发个消息试试。"

于是，郭慕刀发了一条微信："田田，你好啊！"

结果，聊天窗口里却显示：您还不是对方好友。

郭慕刀一脸苦笑："不是，她还真把我给删了，这是为什么啊？"

吴克双问："你是不是朋友圈发了什么她不喜欢的？"

郭慕刀道："我很少发朋友圈啊，再说，发了啥也不至于把我删了啊？"

吴克双道："那你就是撩人家了。"

郭慕刀做了个发誓的手势："天地良心，朋友妻不可欺，这点原则我还是有的，我加了她就没跟她说过话！"

吴克双叹了口气："算了，算了，咱不纠结这事儿了，回家吃饭去吧。我妈刚才给我发微信了，她今天过来，正在做饭等我们回家吃呢！"

吴克双和郭慕刀驱车穿越城市拥堵的车流，回到家的时候，王茹已经做好了饭菜。

"回来啦！来，饭已经做好了。饿了吧，快来吃饭。"王茹将三个人的碗筷在餐桌上摆好。

吴克双和郭慕刀洗了手，坐在餐桌前，拿起筷子开始吃饭。

饭吃到一半，如吴克双所料，王茹再度提起相亲的事情："双啊，你还记不记得你说过，案子办完了，你就和那姑娘相亲去？"

吴克双差点噎住，喝了口水，道："妈，我这案子也不算全办完了，那毒贩老大还没抓到呢，等抓到了——"

王茹打断他："怎么着，你是和姑娘结婚呢，还是和那毒贩老大结婚呢？"

吴克双为难道："妈，我真有很多案子还没办完。相亲的事情，咱再缓缓。"

王茹抬了抬手："不能缓！刻不容缓！我已经和人家那姑娘约好了，肖阿姨的闺女尤小然，港大毕业，在外企工作，收入又高，长得还水灵，一大堆小年轻追她呢。你再不行动起来，这么好的姻缘就错过啦！我不管。明天，就明天，你给我相亲去！我都给你把地方安排好了，泉灵餐厅，黑珍珠二钻，你俩好好吃，好好聊。"

吴克双道："妈，明天还有电视台的采访呢。"

王茹道："我知道啊，你说过，那采访不是在晚上吗？我帮你约的中午，中午十二点，你和尤小然在泉灵餐厅，不见不散。就这么说好了啊，不许再磨蹭，再磨蹭，我可生气了啊！"

吃完饭，王茹收拾碗筷，吴克双和郭慕刀要帮忙，被王茹制止了："双，放下，我来洗，你和小郭去休息。我好不容易来一趟，给你们做顿饭，你们只管吃，别管洗碗。"

吴克双拖着郭慕刀进了书房，两人关起门商议起来。

吴克双焦虑道："这可怎么办啊？"

郭慕刀用胳膊肘捅了捅吴克双，道："还能怎么办。你妈都给你一条龙安排好了，时间、地点、人物，约会三要素，全都齐活了，就差你亲自登场亮相了！"

吴克双一脸无语："还时间地点人物，你搁这儿写作文呢！我现在是问你该怎么办？你给我出出主意啊！"

郭慕刀摊了摊手，道："没办法，咱妈，啊不，阿姨都把话说到这份儿上了，你这不去也得去啊！"

吴克双道："你不是不知道，之前几次相亲，那简直就是尴尬到原地爆炸啊！我不能让这样的情况再次出现了！"

郭慕刀痞痞地笑了笑，说："放心，有我在，我来幕后指挥！明天我陪你去，我旁边找个座儿，你戴上针孔耳机，我悄悄指挥你，我告诉你说什么，你就说什么。"

吴克双道："这样行吗？"

郭慕刀道："我，撩妹高手，你还信不过我？"

次日中午，泉灵餐厅。这是一家新中式餐厅，吴克双挑了个靠窗的座位坐下，郭慕刀则坐在角落一个刚好能看见吴克双的位置。

中午十二点，尤小然到了，一身白色风衣，短发，看上去很干练。

尤小然坐在了吴克双面前。

双方互道"你好"。

吴克双不知道接下来该做些什么。角落里，郭慕刀指导道："点菜啊，让服务员拿菜单过来，让女士先点，发扬绅士风度。"

吴克双叫来服务员，让服务员把菜单递给了尤小然。

"趁她点菜的时候，夸她。"郭慕刀道，"夸人要夸细节，比如，她身上哪个地方你觉得特别好看，你就夸一夸，懂了吗？"

吴克双听罢，对尤小然上下打量一番，觉得尤小然的眼睛特别大，于是说："小然，我觉得你的眼睛就像黑洞洞的枪口一样大。"

尤小然愣了一下："吴警官，你说什么……黑洞洞的……"

郭慕刀刚喝了一口水，差点没喷出来："你那是什么比喻啊！黑洞洞的枪口？你脑子里能想点别的吗？算了算了，夸细节你不会，你就夸整体，夸她的脸，长得像一幅画。"

吴克双道："小然，我的意思是说，你的脸，长得就像画框一样……"

尤小然摸了摸自己的脸，看了看一旁的服务员，问："我的脸，像画框吗？"

服务员说："小姐，您是瓜子脸，一点儿也不方。"

尤小然皱眉，点点头，接着点菜。

郭慕刀恨不得一口老血吐出来，焦急道："什么黑洞洞的枪口，什么画框？你这理解能力简直了！"

尤小然点好了菜，问吴克双："我点好了，你再看看。"

吴克双尴尬地笑了笑，说："我就不看了，上菜吧。"

服务员收了菜单，离去。

郭慕刀道："很好，等菜不能太无聊，得说些什么，你得掌握主动。跟着我说，小然，很高兴认识你！"

吴克双跟着道："小然，很高兴认识你！"

尤小然回复："认识你，我也很高兴。"

郭慕刀道："很好，这是一个良好的开端，现在你们彼此认识了，话题可以进一步深入。相互交流一下工作或者生活，拿出你的雄性魄力来！大胆一点，让她感受到你强大的气场！不要畏畏缩缩，姑娘从不喜欢犹豫不决的男人！想象一下那种霸道总裁的感觉，重点就是要霸道一点！"

吴克双听罢，心想，雄性魄力，强大气场！霸道！那不就是审犯人的时候才有的感觉嘛！他摸摸下巴，感觉自己已经充分领会了郭慕刀的意思，于是立马拍了拍桌子，正襟危坐，一脸严肃道："姓名！"

尤小然吓了一跳："你，你不是知道吗？"

吴克双重复道："姓名！"

尤小然道:"尤,尤小然。"

吴克双接着问:"年龄!"

尤小然道:"二,二十六岁。"

吴克双道:"老实交代,你是干什么的?家住在哪儿?家里几口人?坦白从宽,抗拒从严!不要做无谓的抵抗!"

尤小然怒道:"你有病吧?"说罢,端起水杯泼到吴克双脸上,起身便走了。

角落里,郭慕刀感觉自己都要被尴尬穿地心了。他跑到吴克双身旁道:"我说你,搞什么鬼?好好的一场相亲,能别被你整得像审犯人一样吗?"

吴克双一脸无辜道:"我不都是按照你说的来的吗?要有魄力,要有气场,要霸道!我刚才还不够霸道吗?"

郭慕刀彻底无语:"老大,我说的那意思和你表现出来的是同一个意思吗?唉,算了算了,我看你呀,注定孤独终老!"

吴克双道:"走吧。我故意的。"

郭慕刀吃惊道:"什么?故意?"

吴克双无奈道:"我本来就不想来相亲,刚才故意表现得情商很低,这样不就顺利相亲失败了吗?回去也好跟我老妈交代,就说是人家姑娘没看上我,跟我没啥关系。"

郭慕刀哭笑不得:"不得不服!"

吴克双总算松了一口气:"哈哈,走吧,走吧。"

郭慕刀道:"走什么走,菜都点了,吃了再走!"

就这样,吴克双和郭慕刀两人吃了顿巨贵的新式中餐,然后到一旁的商场买西装，为晚上电视台的采访做准备。

虽然相亲失败了，但晚上电视台的采访还是很顺利的。那段时间，吴克双和郭慕刀因为大破商场埋尸案，声名大噪，各路媒体都纷纷要求采访他们。

第二十四章　割肾案

早上七点，清晨的迷雾还在郊外的杂草间游荡。灰白色的天空，有蒙蒙细雨飘下。一切本来都是如此祥和。一片长满枯黄野草的荒地上，一个男人躺在那里，一动也不动，仿佛已经死掉了。雨水打在他的脸上，过了好一会儿，他右手的手指终于微微动了一下。又过了好一会儿，他才缓缓睁开了眼。他感觉身体很疲软，艰难地坐起身来，环顾四周，脸上挂满了疑惑和迷茫。

我为什么会在这里？这到底是怎么一回事儿？

深秋，十分寒冷，他身上只穿了一件单衣，冷得直哆嗦。

他准备起身，随着肌肉的运动，他感觉背部右后侧传来一阵灼烫的疼痛感。他伸手摸了摸疼痛处，什么也没摸到，疼痛是从身体内部传来的。他沿着痛处摸了摸身体正面，却在腰腹部摸到了犹如蜈蚣一般的条状突起。他意识到了不对劲儿，感觉自己的腰腹部似乎是被切开又缝合了。他十分困难地爬起来，想要跑动，却感觉自己的身体像是被什么东西抽空了一样，跑了没两步就摔倒在地。他再次从地上爬起来，捂着后背，弯着腰，一步步缓慢地拖着身子朝着公路边走去。

五分钟后，他来到公路旁，已经气喘吁吁。他想要拦一辆顺风车，但这里是郊外，又是清晨，车辆稀少。他等了许久，终于有一辆货车经过。

他招手拦车，可是那辆货车根本没打算停下，从他面前疾驰而过。之后，陆续又有几辆货车经过，终于有一辆货车停了下来。

他上了车，坐在副驾驶座上，整张脸都是惨白的，嘴唇发乌。货车司机看出了不对劲儿，问："咋的了，小兄弟，大冷天的，穿这么点儿站在路边，这前不着村后不着店的，让人给抢啦？"

他点点头，道："差不多吧。你能送我去最近的医院吗？我感觉很不舒服。"

货车司机很爽快地答应了："没问题。我正好要去市区，卸货的地方会经过一家医院，我在那家医院门口把你放下。"

四十分钟后，货车进入市区，司机将车停在了市第六医院门口。这个人下了车，一瘸一拐地朝门诊大楼走去。

刚走进门诊大楼，他整个人便支撑不住了，身子一个踉跄，跌倒在冰凉的地面上。

当他醒来的时候，发现自己已经躺在了病床上。护士见他醒来，立马去通知了医生。医生走进来，问道："你叫什么名字？报一下你的身份证，我们得做个登记。"

男人沙哑着声音，道："我叫，我叫李飞，身份证是……"

医生将李飞的身份信息快速记录下来，问："你知道自己现在什么情况吗？"

李飞摇了摇头说："不知道。"

医生很意外："你不知道？你刚刚做完肾移植手术，你完全不知情？"

李飞一脸诧异："什么！肾移植手术？"

医生点了点头道："是啊，你的右肾被摘除了，你丝毫不知情吗？你再想想，你是不是在哪家医院刚做过肾移植手术，还是说，你在某些非法渠道卖肾——"

李飞急得要哭出来了："我怎么会卖肾呢，医生？我也不知道这到底是怎么一回事儿啊！"

医生深吸了一口气道："那我只能劝你赶紧报警了！"

"爸爸！"

吴克双梦到了吴军，父亲穿着警服站在不远处。

"爸爸，我现在是一名警察了！"吴克双兴奋地朝着吴军跑过去。

可是，无论他怎么跑，都无法跑到吴军那里。

直到最后，他气喘吁吁地停了下来。

"爸爸要走了！"

不远处，父亲站在那里，做了个"再见"的手势，转身朝着黑暗的方向走去。

"爸爸！不要走！"

吴克双疯狂追赶，到最后，他脚下一空，整个人跌入万丈深渊。

"哈呼——哈呼——哈呼——"

吴克双睁开眼，猛地从床上坐起来，他满头是汗，心脏怦怦直跳。

他深吸一口气，下了床，来到窗前，拉开窗帘，让阳光倾泻而入。随后，他转过身，拉开房门。

"你醒啦！"

厨房里，郭慕刀正在做早餐。

"嗯，醒啦。"

吴克双拖着疲惫的身子，走进洗手间，开始洗漱。洗漱完毕后，郭慕刀已经做好了早餐，还是老样子，牛排和鸡蛋。

郭慕刀一边切牛排，一边看着吴克双，问："怎么了，做噩梦了？"

吴克双掩饰道："没有。"

郭慕刀晃了晃手里的叉子，道："别骗我了，你脸色不对，肯定做噩梦了。我猜，你又梦到你爸爸了，那个你永远也追赶不上你爸爸的梦。"

吴克双长叹一口气，说："就是场梦而已，赶紧吃吧，还得上班呢。"

两个人快速吃完早餐，穿好警服下楼，上了那辆黑色 SUV，驱车直奔市局。

四十分钟后，穿过早间繁忙的车流，终于来到市局的停车场。下了车，吴克双照例要去买一杯美式咖啡，于是朝着便利店走去。

走进便利店，原本没什么指望的吴克双，却意外撞见了田田，只不过田田不是以服务员的身份出现，而是以顾客的身份。

吴克双惊喜道："田田，你回来啦？"

田田冲着吴克双笑了笑，说："吴警官，早上好啊。"

吴克双问："你回来上班啦？"

田田摆了摆手，道："没有没有，我有东西忘在这儿，回来拿。"

吴克双想要问田田为什么不加自己微信，但是话到嘴边又不知道怎么开口。

田田说："吴警官，我得走了，还得赶火车呢！"

吴克双问："出去旅游吗？"

田田摇了摇头，说："我要回老家了，家里给介绍了对象，互相见过了，还不错，打算回老家把婚给结了。"

吴克双一脸失落："哦，要，要结婚了啊，恭喜恭喜！"

田田嘻嘻一笑："也祝吴警官早日找到合适的对象。"说着，她看了看手表，"不行啦，要来不及啦，我走啦！"

吴克双道："再见！"

田田转身跑出便利店，一路小跑着消失在停车场外的拐角。

吴克双就这么目送着田田离开了，内心不免有些酸楚。

郭慕刀走过来，拍了拍吴克双的肩膀，道："早就叫你表白，叫你表白，你非不听，现在好了吧？让人捷足先登了。"

吴克双没有说话，只是端着咖啡，付了账，转身离开了便利店。

两人走进市局办公大楼。

还没坐稳，接线员崔念桌上的座机便响了起来。崔念接起电话，然后向吴克双和郭慕刀通报了警情。

吴克双和郭慕刀立马叫上何东维、贺立群和胡月出警了。警车呼啸而出，四十分钟后抵达了市第六医院。

在市第六医院的病房里，他们见到了躺在病床上的李飞。

吴克双问："是你报的警？"

李飞道："是的。"

吴克双问："什么情况？"

一旁的医生说："他在不知情的情况下，被人做了肾移植手术，右肾被人强行摘除了。"

吴克双看着李飞："说说具体情况。"

李飞开始讲述自己的遭遇："我是一名程序员，每天晚上九点下班。昨天晚上，我照常下班，在经过一条小巷的时候，突然感觉有人跟着我。一开始我没太在意，但是那个人越跟越紧，越跟越紧，我还没来得及回头，就感觉有人用手帕从后面捂住了我的口鼻。那手帕上可能有迷药，我一吸，很快就昏迷了。我醒来已经是今天早上了，我躺在一片荒地里，起来后到路边拦了辆顺风车到了这家医院。医生检查之后，说我的右肾被摘除了，我就打电话报了警。"

吴克双听罢，摸了摸下巴道："把人迷晕，然后取肾。医生，你确定是肾移植手术吗？"

一旁的医生点了点头，道："从手法上来讲，应该是肾移植手术。肾移植手术的切口有三种，第一种是在肚脐上方二至三横指处做横贯腹部的水平切口；第二种是从剑突到耻骨做中直切口；第三种是在腹部做大十字切口。凶手采取的正是第三种方式。凶手取走了肾脏之后，还进行了缝合，技术达到了专业外科手术的水准。"

郭慕刀问医生："医生，进行肾移植手术，接受肾移植的人，是不是必须获得与自身相匹配的肾源才行，应该不是任何人的肾都能匹配的，对吧？"

医生点了点头，道："是这样，必须要匹配的肾源。"

郭慕刀问："那如何确定匹配肾源呢？"

医生解答道："一般通过抽血化验即可得出匹配结果。"

郭慕刀开始思考："凶手要取走李飞的肾做移植手术，首先得知道李飞的肾和受者是匹配的。也就是说，他们在作案之前，就已经对李飞的肾进行过了解。"他说着，转身问李飞道："你最近有没有体检？"

李飞道："一个月前，公司安排了集中体检。"

郭慕刀问："有抽血化验检查肾脏方面的项目吧？"

李飞点了点头道："应该是有的。"

郭慕刀问："是在哪家医院？"

李飞道："市第三医院。"

郭慕刀打了个响指，对吴克双道："很好，老吴，我们兵分两路。你去天网中心，调取监控，看看李飞出事的时候，是什么人在跟着他；我去一趟市第三医院。"

第二十五章　体检中心

市局天网监控中心,整墙的大屏幕上显示着各个路段的监控。监控员丁小平正一边吃着盒饭，一边盯着监控屏幕。这时，吴克双走了进来，丁小平立马放下盒饭，起身向吴克双敬了个礼，咽下嘴里的饭道:"吴，吴队！"

吴克双回了个礼，点了点头，道:"我来调取一下天网监控。"

随后，在吴克双的指示下，丁小平尝试调取那条小巷的监控，却发现:"不好意思，吴队，那条小巷没有监控。"

吴克双问:"小巷两端呢？"

丁小平又尝试切换了一下，但一切换就切换到了主路上:"不好意思，吴队，小巷两端也没有监控。"

吴克双深吸了一口气，道:"看来凶手早已提前摸清了被害人下班的路线，特地挑选了没有监控的小巷下手。"

吴克双又让丁小平尝试寻找郊外那片荒地附近是否有监控，结果自然是没有的。

另一头，郭慕刀带着贺立群来到市第三医院，找到了市第三医院体检中心的负责人张文怀医生。

张文怀医生虽然四十多岁，但看上去很有精气神，像刚三十出头的样子，戴着一副方框眼镜。

张文怀医生在办公室里十分礼貌地接待了郭慕刀和贺立群，问："二位警官，请问有什么需要帮助的吗？"

郭慕刀道："是这样的，张医生，请问你们医院做肾移植手术的话，肾配型需要哪些检查？"

张文怀医生道："为了防止发生排异现象，首先要抽血化验血型是否合适，然后就是淋巴细胞毒试验、人类白细胞抗原系统和选择性进行群体反应性抗体检查等多种配型。"

郭慕刀又问："一般体检会做这些检查吗？"

张文怀道："一般体检只涉及血型和血常规，不会涉及后面这些，诸如淋巴细胞毒试验，是需要做专门的检查的。这是一个很复杂的过程。"

郭慕刀道："我需要对你们体检中心所有负责检验的人员进行逐一询问。"

张文怀点了点头，道："好的，没问题，我这就安排！"

体检中心负责检验的人员一共有十人，其中两人是负责做淋巴细胞毒试验的，一个叫杨琦，另一个叫孙雪。

郭慕刀对两人进行了询问，两人均不承认自己对李飞的血清做过淋巴细胞毒试验。

于是，郭慕刀决定调取医院的监控。

他发现孙雪曾在下班后进入过实验室，对大量接受体检的人员的血液样本进行了体检项目之外的测试。这些测试中，疑似就包含了淋巴细胞毒试验。

在监控证据面前，孙雪最终低下了头，审讯室里，她哭着承认说："我也是一时被金钱冲昏了头脑才这么做的。"

郭慕刀问："是谁找的你，让你这么做的？"

孙雪哭着道："我不知道他真名叫什么，只知道他外号叫乌鸦。他知道我是医院体检中心的检验员，于是就答应给我二十万，让我帮他寻找肾源。他给了我那个受者的血清，以及需要肾移植的相关信息，让我从在医院接受体检的人员中找到匹配的肾源。于是，我就帮他在接受体检的人员中进行筛选，最后筛选出了一个叫李飞的人。"

郭慕刀问："这个乌鸦，你现在还能联系上他吗？"

孙雪点了点头，道："能联系得上，他还让我帮他介绍需要肾移植的客人来着，因为我在医院工作，这方面的信息很多。"

郭慕刀道："帮我联系这个乌鸦，就说有客人要找他买肾。"

随后，孙雪通过微信联系了乌鸦："我们医院有一位患者，尿毒症晚期，急需匹配肾源呢，他的家人想找你买肾。"

乌鸦很快回复："你就说，一百万一个肾。他们付得起吗？"

孙雪对郭慕刀道："乌鸦说一百万一个肾。"

郭慕刀对孙雪道："你回复说，没问题。"

孙雪回复乌鸦道："没问题的，问过家属了，说救命的事儿，多少钱都可以。"

乌鸦道："很好，就明天晚上，让他们先带五十万来。这是定金，我们搞定了肾，他们再付尾款。地点是东南公寓 2015 号；时间，晚上九点整；暗号：矿泉水。"

郭慕刀走出审讯室，吴克双刚好从天网监控中心回来，问："情况怎么样了？"

郭慕刀笑了笑，说："搞定了，那个搞人体器官贩卖的中介叫乌鸦，已经通过孙雪联系好了，明天晚上九点见面。"

吴克双道："行啊你，这么快就搞定啦。"

郭慕刀问："监控查出什么来没有？"

吴克双摇了摇头，道："什么也没查到，两处地点都没有监控。"

郭慕刀耸耸肩，道："嗯，料到了。这样，明天就咱俩，伪装成需要肾移植的患者家属，带上五十万现金，这是乌鸦要求的，一个肾一百万，五十万是定金。"

贺立群道："要不要安排大部队埋伏起来，将他们一举拿下？"

郭慕刀摆了摆手，道："明天就我和老吴去，人多了容易被发现，到时候打草惊蛇。要知道，乌鸦只是一个中介，我们得放长线钓大鱼，把这个人体器官贩卖集团的幕后老板给揪出来！"

一晃，就到了下班时间，郭慕刀和吴克双走出市局办公大楼，驱车回了家。

郭慕刀做好了晚饭，和吴克双一起吃了一顿美味的晚餐，之后吴克双便到书房里看书去了。

郭慕刀的酒瘾犯了，于是趁着吴克双看书看得投入，悄悄溜出了门外，很快便来到酒吧街，朝着 HOLA 酒吧走了过去。

郭慕刀一走进 HOLA 酒吧，郑可心便站在吧台后面，露出了喜悦之色，她故作阴阳怪气道："哎哟喂，这不是郭大警官吗？好久没来了呀，今儿怎么有空光临啊？"

郭慕刀走在吧台前，找了把椅子坐下，痞痞地笑了笑，说："这不是想你了吗？"

郑可心做了个浑身硌硬的表情，道："哎呀，真肉麻！我说郭大警官，你这么些日子不来，是不是到别的酒吧，去撩别的姑娘去了？"

郭慕刀苦笑了一下，说："是啊。"

郑可心一脸不屑："啧，没想到你就这么厚颜无耻地承认了。"

郭慕刀扬了扬眉毛，道："没有啦，最近办案子，太忙。"

郑可心擦着杯子道："都知道啦，大破商场埋尸案。一个十年前的案子，你们破得可真是大快人心，令人钦佩呀！"

郭慕刀故作谦虚道："哪里哪里，也就是运气好，给撞上了。要说功劳，那也全都是老吴的功劳。"

郑可心咂了咂嘴，道："啧啧，什么时候变得这么谦逊了啊，郭警官，这不像你啊。"

郭慕刀哈哈大笑起来："没错，我和老吴神勇破案，可谓智勇双全啊！"

郑可心伸出一根食指，温柔地点了点郭慕刀的鼻尖，道："这才像你嘛。好了，不和你打趣了，喝点什么，还是老样子，'在云端'？"

郭慕刀点了点头，道："嗯，老样子，'在云端'。毕竟，我'想呼吸你的呼吸'。"

郑可心做了个怪相："又来了，等着啊。"

几分钟后，郑可心做好了一杯"在云端"，端到了郭慕刀面前。

郭慕刀正喝着"在云端"，电话突然响了，是吴克双打来的。他接起电话，电话那头传来了吴克双焦急的声音："郭慕刀，你上哪儿去了？又跑出去喝酒了吧？"

郭慕刀回答："我在 HOLA 呢！"

吴克双更着急了："你还去那里？你就是在那里认识的赵欢颂，然后出了事儿！你这个人，怎么一点儿都不长记性？"

郭慕刀道："哎呀，我就喝一杯。"

吴克双厉声道："不准喝了！现在给我回来！就现在！"

郭慕刀服软道："好啦好啦，我回，我现在就回。"

电话挂断了，郭慕刀将杯子里剩下的酒一饮而尽，便离开了吧台，准备走出酒吧。

这时，身后传来郑可心阴阳怪气的声音："哎哟喂，郭大警官，今天怎么就喝一杯就要走了啊？女朋友打电话来催了？"

郭慕刀回复说："什么女朋友啊，是男朋友！"

郑可心更加阴阳怪气了："什么？男朋友？哎哟哟哟哟，我说郭警官最近怎么不常来了呢，原来是好上这口了呀？"

郭慕刀摆了摆手，道："什么乱七八糟的？是男性朋友！"

郑可心撩了撩头发："哦哦，那不还是男朋友吗？"

郭慕刀无语了:"不和你扯了,我走啦。"

郭慕刀意犹未尽地离开了 HOLA 酒吧,回到家,在吴克双的催促下,洗完澡便睡下了。

第二十六章　乌鸦团伙

吴克双做了一个梦，一个十分奇怪的梦。

梦境中，他和郭慕刀被关在一个黑暗的屋子里，无法逃生。屋子的桌上有一把枪。很快，他们听到了广播，广播告知他们，只有一个人能够从这间屋子里逃出去。逃出去的代价就是：其中一个人，必须死！

吴克双做出了自己的选择，为了将郭慕刀救出去，他举起枪，朝着自己的太阳穴开枪了。

"乒"，灼热的子弹钻进了他的脑颅。

在梦里死去，便意味着在现实中醒来。

吴克双从床上弹坐起来，满头是汗，大口大口地喘息着，过了好一会儿才缓过神来。

他伸出手，揉了揉太阳穴，又捏了捏鼻梁，长舒了一口气。原来只是个噩梦而已。

他下了床，拉开窗帘，转身推开了门。还是老样子，郭慕刀正在厨房里做早餐。吴克双走进洗手间洗漱完毕，和郭慕刀一起坐在餐桌前吃早餐。

吃着吃着，吴克双突然想到了自己的梦，便问郭慕刀："要是咱俩被关在一个小黑屋里，永远也出不去，只有其中一个人死了，另一个才能出去，你会怎么选？"

郭慕刀奇怪地看着吴克双："怎么问这么诡异的问题？"

吴克双道："就是做了个梦。"

郭慕刀嚼着牛肉，道："如果是我的话，我当然选择自杀，毕竟我死了，你就可以出去了。欸，梦里，你怎么选的？"

吴克双道："和你一样。"

郭慕刀切着牛排道："我可不是说说而已，到了生死关头，我是愿意牺牲自己拯救你的。"

吴克双点了点头，道："我也是，如果能用自己换你活命，我愿意付出一切代价！"

郭慕刀哈哈一笑："怎么大早上的，气氛弄得如此悲壮了！"

吴克双道："快吃吧，吃完还得上班呢！"

晚上八点，吴克双和郭慕刀驱车直奔东南公寓，于八点五十分抵达。

东南公寓是一座建成于二十世纪九十年代末的高层公寓，一共有二十层，呈"回"字形，中间是方形的天井。

吴克双和郭慕刀下了车，走进天井，抬头看着黑色的天幕。整座公寓楼破败老旧，给人一种阴森森的感觉，仿佛香港恐怖片的取景地。

郭慕刀手里提着保险箱，箱子里装的是五十万元现金。

两人进入大楼，走进电梯，顺着电梯来到二十层。公寓楼的走廊十分逼仄，顶灯闪闪烁烁。他们来到 2015 号房门口，吴克双看了看时间，刚好晚上九点，于是敲了敲门。

门内传来一个男人低沉的嗓音："谁呀？"

吴克双说出暗号："矿泉水。"

门打开了，一个看上去三十来岁、留着寸头的男人出现在门口："进来吧。"

吴克双和郭慕刀走了进去。

房间不大，男人安排吴克双和郭慕刀坐在沙发上，给他们倒了水。吴克双和郭慕刀很警惕，并没有喝。

吴克双问："你就是乌鸦？"

乌鸦点了点头，问："钱带来了吗？"

郭慕刀将手里的箱子放在茶几上，打开，里面露出了一沓沓现金。

乌鸦掏出验钞机，开始点钱。

很快，点钱完毕，乌鸦点了点头，道："嗯，确实是五十万，一分不多，一分不少。"

吴克双问："定金付了，什么时候能弄到肾？"

乌鸦道："放心，钱到位了，你们把患者的肾型资料给我们，我们很快就能够弄到合适的肾源。你们要是实在不相信我，我带你们去一个地方，那是我们专门做肾移植的手术室，带你们去参观参观。"

乌鸦起身，领着吴克双和郭慕刀走出房间，穿过狭长的走廊，进入电梯。大家都保持沉默，不发一语。

下了楼，乌鸦说："坐我的车过去吧。"

乌鸦领着他们上了一辆面包车，车开了出去。

车子一路向南，朝着郊外开去，城市逐渐远离。大约一个半小时后，车子来到某处海边。海边有一座仓库，仓库旁还停着一艘蓝色的快船。

面包车停在了仓库前，乌鸦领着吴克双和郭慕刀下车，走进仓库。刚一进仓库，他们就被六名枪手从不同方位围了起来。

吴克双故作镇定，问乌鸦道："这是什么意思啊？"

乌鸦笑起来："别以为我不知道，你们俩是警察。郭慕刀，我可认识你！"

糟了！他是怎么认识郭慕刀的？即便前段时间上过电视，画面和声音也全都被马赛克处理到爹妈都认不出来的地步了，乌鸦应该看不出来才对啊！

吴克双和郭慕刀的心里同时咯噔一下，两人背对背，迅速掏出手枪，朝前方射击，将两名枪手击倒。

乌鸦闪到一旁："还愣着干什么，开枪啊！"

另外四名枪手立马开枪，吴克双和郭慕刀朝着不同的方向翻滚而去，迅速躲开了子弹。

二人朝仓库外跑去。

"追！给我追！"

乌鸦一声令下，四名枪手朝两个方向追出仓库。

仓库外狂风大作，身旁便是黑色的大海。海水疯狂地涌来，拍击着水泥台阶，溅起阵阵水沫。

吴克双站在水泥台上和枪手疯狂对射着，突然，一颗子弹打来，吴克双为了躲避子弹，一翻身，不慎从水泥台阶上跌落下去，掉进了海里。

他手里的枪也落入海中，不见了。

就在这时，他看到那四名枪手押着郭慕刀走向一艘蓝色的快船。吴克双的枪丢了，他无法与乌鸦团伙正面战斗，于是潜水过去，悄悄在快船上安装了一个定位器。

很快，快船就开走了。

吴克双上了岸，打电话呼叫增援。一个小时后，海警的快船赶到了。领头的那名海警叫欧阳乐天，他来到岸边，向吴克双敬了个礼，道："吴队，海警部队已经集结完毕！"

吴克双点了点头："出发！"

吴克双上了其中一艘快船，六艘快船载着六十名海警，浩浩荡荡地朝着定位点追了过去。

另一头，乌鸦的快船已经挟持着郭慕刀抵达了公海上的一座无名岛。岛上树林密布。

郭慕刀被反手捆缚着，在四名枪手的押送下，跟随着乌鸦，穿过海滩，走进了密林中。

郭慕刀观察着周围的环境，想要伺机逃走，但是敌人看得很紧，四把枪全都对准了他，根本没有逃跑的机会。

他们顺着一条小路上了山，来到一个山洞前。山洞内一片漆黑，乌鸦打开手电筒，领着他们走进了山洞。

沿着山洞一路向里，走了大约两公里，终于来到了尽头。只见乌鸦在墙壁上摁下一块石头，山洞尽头的石壁便反转开来。

乌鸦团伙胁迫着郭慕刀进入石壁的另一面。

石壁的另一面，竟然是一间手术室。手术室内有两张手术台，其中一张是空的，另一张有一个女人躺在上面。

郭慕刀一眼就认出了那个女人，竟然是陈光豹的女儿陈雪利。

多年前的那次逮捕活动，只抓到了陈光豹，没有抓到陈雪利。她一直不见踪影，没想到会出现在这里！

就在郭慕刀万分惊诧之际，一阵脚步声传来，只见一个男人朝他走了过来。他看向那个男人，喊出了那个名字："山南！"

郭慕刀这才知道乌鸦为什么能认出他，原来器官案幕后的黑手是他曾经做卧底时的大哥山南！局里根本不知道这一点，不然郭慕刀绝不会来参加这次行动。

"跪下！"乌鸦大喝一声，要求郭慕刀下跪，但郭慕刀坚决不跪。

乌鸦命令四名枪手，强行压住郭慕刀的肩膀，踹向郭慕刀的腿关节，郭慕刀不得已跪在了山南面前。

山南哈哈大笑，走道郭慕刀面前："桂城，好久不见，没想到那天竟然没弄死你。"

郭慕刀道："你不是逃到越国去了吗？"

山南得意扬扬："你没死，我怎么可能轻易逃走？你们一定是通过电话定位判断我去了越国。那个电话是我故意接的，当时我的确已经快到越国海域了，只不过打完后，我又折返了回来，一直待在公海的这座岛上，故意给你们制造了一个我潜逃到越国的假象。"

郭慕刀道："陈雪利一直和你在一起？"

山南看了眼手术台上的陈雪利，道："这么些年，我能够发展壮大，多亏了陈姐支持。"

郭慕刀问："你们现在不仅贩毒，还参与非法贩卖人体器官？"

山南耸了耸肩，道："只要能赚钱，没有什么是我们不能干的。我们也是最近才涉足这个领域。"他说着，将脸靠近郭慕刀，"半个月前，陈姐检查出患了尿毒症，一直没找到匹配的肾源。我突然想到了你，你还记不记得那次枪战……"

在山南的叙述中，郭慕刀回忆起了那次海边枪战。

那天是帮派火并，陈光豹的贩毒集团和另外一个贩毒集团发生了利益纠纷，在海边展开决斗。

陈光豹领着郭慕刀和山南，手持冲锋枪，和敌方对射。突然，陈光豹的后背被子弹击中，整个人跪倒在地。

"豹哥！"

郭慕刀一边朝敌人开枪，一边朝陈光豹跑了过去。他扶起陈光豹，来到掩体后面。

"桂城，带豹哥撤！我掩护！"山南冲着郭慕刀高喊道。

郭慕刀扶着陈光豹上了旁边的黑色轿车，一个飘移摆尾，将车原地转了一圈，掉头便冲向了公路，一路狂奔朝着私人诊所开了过去。

陈光豹坐在副驾驶座上，血不停地从他后背的弹孔淌出来。

郭慕刀大喊："豹哥，坚持住，马上就到了！"

没想到陈光豹竟然虚弱地笑了起来："桂城啊，我这次怕是要不行了。"

郭慕刀看了一眼陈光豹，继续开车："豹哥，没事儿！没事儿的！豹哥，你一定要坚持住！"

半小时后，车子抵达私人诊所，陈光豹被送上了手术台。

很快，山南那边也结束了战斗，赶到私人诊所。

经过三个多小时的抢救，私人医生从手术室里走了出来，山南和郭慕刀立马上前询问："豹哥怎么样了？"

私人医生面色凝重："豹哥的右肾彻底坏死，已经摘除，但左肾也受了伤，怕是坚持不了太久。"

这时，陈雪利冲进了诊所："我们抽血、化验，看看我们的肾能否匹配！"

随后，私人医生对每一个人的肾型进行了检验，最后发现陈雪利和郭慕刀的肾型都和陈光豹匹配。

郭慕刀道："把我的肾给豹哥！"

医生道："其实，亲属之间配型要更好，更不容易出现排异反应，所以，建议——"

陈雪利道："那就用我的！"

山南道："陈姐，你可想清楚了——"

陈雪利摆了摆手，道："不用多说了，他是我爸，这是我做女儿应该做的！"

之后，陈雪利将自己的右肾移植给了陈光豹，陈光豹这才捡回一条命。

回忆消散，回到现实。

郭慕刀看着眼前的山南，似乎明白了什么。

山南笑着道："没错，我想，你的肾型可以和豹哥匹配，应该也可以和陈姐匹配。我本来打算故技重施，抓你回来，没想到你竟然自己送上门来了！这真是天意啊！乌鸦！"

乌鸦道："在！"

山南道："给他抽血，快速检验一下他的肾型是否和陈姐的匹配！"

乌鸦道："是！"

随后，乌鸦命医生对郭慕刀的肾型进行了检测，最后确定，郭慕刀的肾型和陈雪利是匹配的。

山南恶狠狠地冲着郭慕刀道："你曾经要把自己的肾给豹哥，现在，给他女儿也一样！这是你欠豹哥的，欠所有兄弟的！哈哈哈哈哈！"

山南话音刚落，医生便走到郭慕刀身后，将一针麻醉剂完全推进了他的身体里。

郭慕刀一阵眩晕，眼前漆黑一片，彻底昏了过去，失去了全部知觉。

第二十七章　穷途末路

吴克双和欧阳乐天追踪着定位点，一路乘风破浪，来到了公海的那座无名岛。那艘蓝色快船就停在海岸边。

吴克双和欧阳乐天率队上岛，首先对蓝色快船进行了搜索，自然是什么结果也没有。于是，吴克双和欧阳乐天率队，兵分两路，在岛屿上搜寻起来。

经过长达四小时的搜寻，吴克双带队找到了那个山洞。吴克双凭借敏锐的直觉，判断山洞里面是这座岛上唯一有可能藏人的地方。他们举着枪，打着强光手电，朝着洞穴深处探了进去，不一会儿便来到了洞穴的尽头。

没路了。

吴克双摸了摸墙壁，蹲下身来，用手电筒的白色光线朝着地面探去，发现地面上有弧形的摩擦痕迹，这很明显是石门旋转留下的。

吴克双接着在石门上摸索起来，很快便摸索到了一块疑似开关的石块。他将石块往里一摁，石壁缓缓翻转开来。

吴克双先往门内扔了一颗烟雾弹，然后率队冲了进去。

旋即，门内枪声大作，敌我双方混战起来。

山南见不敌吴克双，让乌鸦断后，自己则在一群小弟的掩护下朝着后门撤退。

枪声不断，烟雾散去，很快，骁勇善战的警员们将乌鸦及他的小弟全部歼灭。

手术台上，郭慕刀躺在那里，医生站在中间，手里拿着手术刀做投降状。

"其他人，继续给我追！"

其他人朝着山南逃跑的方向追了过去。

吴克双跑到手术台前，看着手术台上昏迷不醒的郭慕刀，冲医生大吼："你对他做了什么？"

医生哆哆嗦嗦，不敢说话。

吴克双用枪指着医生的脑袋："快说！你对他做了什么？"

医生看了看郭慕刀，又看了看另一张手术台上的陈雪利，说："我按照北海的指示，为他们做了肾移植手术。我把这位男士的右肾，移植到了陈姐的身体里。"

吴克双怒了："你说什么？"

他用枪口顶住医生的额头，恨不得立刻扣下扳机，但是，他不能这么做。

这时，欧阳乐天闻讯带着队伍追进了山洞中的手术室，吴克双还在监督医生缝合郭慕刀的伤口。

吴克双对欧阳乐天道："山南，也就是北海，从后门跑了，你们快追上去！"

欧阳乐天带队沿着通道朝后门跑去。

他们冲出后门，发现原来后门径直通向海岸的简易码头那里停着一艘红色快船。山南和他的四个小弟已经上了快船，正驾驶着这艘快船朝着大海深处逃亡而去。

欧阳乐天立马带队上了海警队的快船，三艘快船出动，朝着山南的红色快船飞速追了过去。

欧阳乐天一边追，一边在驾驶舱内用扩音器对着前方喊道："我是中国海警，我是中国海警，你们已经无路可逃了，劝你们立刻停船投降，立刻停船投降！"

红色快船非但没有停下来，反而提高了船速。

即便如此，红色快船还是比海警的快船要慢一些，很快，三艘海警船已经分别来到了红色快船的左右后三侧。

欧阳乐天和自己的队伍朝着红色快船猛烈开枪，山南和他的小弟则发了疯一样持枪反击。

就在风浪颠簸中，红色快船的引擎被子弹击中，冒出了黑烟，很快便在海面上停了下来。

欧阳乐天带队强行登上红色快船，和山南以及他的小弟展开枪战。很快，山南的四个小弟全部都被子弹击中跌进了大海，船上只剩下山南孤家寡人了。

穷途末路的山南，最终只能缴枪投降。

郭慕刀和陈雪利都被送到了医院，山南则被带到了审讯室。

吴克双审讯山南："山南，你的罪名就不用我多说了吧。多年前，没能抓到你，当时就已经够判你死刑了。"

山南笑了笑，道："我没什么好说的，栽在你手上，是我疏忽大意了。你是怎么找到我们那座岛的？"

吴克双轻描淡写道："我悄悄在乌鸦的快船上安装了一个定位器。"

山南道："这个乌鸦，成事不足，败事有余。"

吴克双问："山木和赵欢颂现在在哪儿？"

山南扭了扭脖子，将颈椎骨扭得咯吱作响，然后露出舒服的表情，道："我也不知道，你大可以猜一猜。"

吴克双道："我猜他们逃到越国去了。"

山南耸了耸肩，没有说话。

吴克双接着道："其实你完全可以逃到越国去，没必要回来自投罗网，你是怎么想的？"

山南哈哈大笑起来："逃跑不是我的本色，吴桂城没有死，我怎么能提前逃跑呢？我得亲眼看着他死。"

吴克双猛地拍了拍桌子："你强行夺走了郭慕刀的右肾！"

山南道："是你们来得太及时，本来两颗肾都要被取下来，移植到陈姐身体里的。"

吴克双咬着牙道："你实在是太残忍了！"

山南冷笑："呵，我残忍？你觉得是我残忍，还是你们更残忍？派一个卧底来获取我们的信任，我一直拿他当兄弟，但他拿我当什么？"

吴克双大吼:"他是警察,你是毒贩!他抓你,天经地义!"

山南也大吼起来:"豹哥就是被他害死的,我们所有人都是被他害死的!"吼完,他笑了起来,那是一种无可奈何的笑,"早知道一开始就该听豹哥的,把他扔海里喂鲨鱼,就没这么多事了。"

最终,山南被判处死刑立即执行。他没有上诉。他很清楚,自己所犯下的罪行足够判上百次死刑了。

两个月后,国际刑警配合越国缉毒警察抓到了潜逃到越国的山木和赵欢颂等人,并且顺利将他们引渡回国内。

最终,山木被判处死刑立即执行。

赵欢颂被判处有期徒刑二十年。

第二十八章　葛周怡案重现

郭慕刀在医院躺了两个月。冬天下了第一场雪，郭慕刀出院了。那天傍晚，橘红色的夕阳余晖洒在白色的雪地上，显得格外祥和。吴克双开着黑色 SUV，载着郭慕刀回家。

吴克双边开车边问郭慕刀："想吃点什么，老渝火锅？"

郭慕刀摇了摇头，有些虚弱地道："什么也不想吃，直接回家吧。"

吴克双点了点头，道："那回家，我做给你吃。"

郭慕刀立马道："还是别了吧，你待会儿又把厨房给点了。"

吴克双道："那就叫外卖吧。"

郭慕刀点了点头，道："行。"

车子在雪地里艰难地行进了四十分钟，终于到了家。回到家，郭慕刀疲惫不堪地倒在沙发上，丧失了以往的活力。吴克双叫了外卖。半小时后，外卖送到，两人草草地吃了一顿。

之后，郭慕刀便回房间睡下了。

吴克双走到房间门口，担忧地问："老郭，你没事儿吧？"

郭慕刀隔着门回应："没事儿，就是有点累，需要休息。"

吴克双道："嗯，那你好好休息。"他走进书房，开始看书。

次日一早，两人依旧吃了顿外卖。吴克双想让郭慕刀休息，但是郭慕刀拒绝了。两人一起下了楼，驱车直奔市局。

郭队归队，大家都很开心，纷纷道："郭队回来啦！"

但是，郭慕刀不再像以前那样喜欢插科打诨。少了一颗肾的他，像是变了个人。他只是冲着众人点了点头，便钻进了办公室里。

很快，崔念桌上的电话响了。又有案子发生了。

吴克双和郭慕刀立刻带上何东维、贺立群和胡月出警。

吴克双听闻案情，一路都忧心忡忡。四十分钟后，车子抵达海边，海滩上聚满了围观群众，现场已经被提前赶到的民警用警戒带封锁了起来。

他们拨开群众，来到警戒带前。只见警戒带中央的沙地上，一个看上去十六七岁的女孩儿被人大卸八块后又用针线缝合了起来。

发现尸体的，是一大早在海边散步的游客。

眼前的情景让吴克双倒吸了一口凉气："一模一样！"

何东维诧异地问："吴队，什么一模一样？"

吴克双道："案发现场死者的死状，和十三年前我的高中同学葛周怡一模一样。同样被大卸八块，同样被针线缝合，同样被丢弃在海边……"

郭慕刀分析道："也就是说，凶手和十三年前杀死葛周怡的，可能是同一个人。"

很快，尸体被送到了市局法医鉴定中心。

傍晚，尸检报告出来了，吴克双和郭慕刀来到法医鉴定中心，在法医学解剖室见到了法医赵光明。

赵光明没有多说什么，领着郭慕刀和吴克双来到解剖台前，撩开盖在尸体上的白布，说："死者，女，生理年龄 16 岁，身高 165 厘米。死亡原因，机械性窒息死亡，也就是被掐死的。被掐死后，凶手从颈部动脉放干了死者身上的血，然后用钢锯之类的工具将死者大卸八块，又用针线和胶水缝合粘连在一起。死亡时间，凌晨两点到三点之间。"

离开法医学解剖室，他们来到一旁的物证及痕迹检验中心。痕迹检验员柳亮将死者的大拇指指纹输入指纹数据库中，和二代身份证登记指纹进行了比对，很快确认了死者的身份。

死者名叫周晓洁，是第二高中的一名高二学生。

吴克双和郭慕刀先前往天网监控中心，调取了陈尸海滩一带的监控录像，发现抛尸区域正好处在监控盲区。

随后，他们又调查走访了周晓洁的社会关系，发现周晓洁社会关系单纯，主要集中在学校，而学校的老师和同学经过逐一排查，均不具备作案的可能性。周晓洁的亲戚朋友也被排除作案可能。

如果排除熟人作案，那么，陌生人以如此残暴的方式作案，他的动机到底是什么呢？

就在案情陷入僵局的时候，郭慕刀突然说："对了，老吴，我听说江河市，有个人特别厉害。"

吴克双问："谁？"

郭慕刀道："一个疯子，他因为梦游杀妻被关进了监狱。据说，江河市好多类似的变态杀人案，都是他协助侦破的。"

吴克双道："怎么，难不成你想请这个疯子帮忙破案？"

郭慕刀点了点头，道："听说他很邪门，对疯子的心理相当了解。咱这案子，一看就是个精神不太正常的疯子干的，既然我们没有任何头绪，不如去问问看。"

吴克双想了想，道："也好，死马当活马医，没准儿是条出路。"

他们联络了江河市公安局刑侦支队的队长陈峰，陈峰听完案情陈述后，欣然同意了他们的请求。

次日上午，吴克双和郭慕刀乘高铁直奔江河市。四小时后，他们抵达江河市，刚出站便看到来迎接他们的陈峰和黄朗。

陈峰道："老吴、老郭，好久不见了！"

吴克双笑道："哈哈，上次见面，还是在五年前公安部举办的警队大比武上。"

黄朗道："说起那个警队大比武，我就不得不服咱郭队了，当年那一套组合拳，我差点招架不住啊。"

黄朗说着，用力拍了拍郭慕刀腰腹部，道："是不是啊，老郭？啥时候再比一把？"

黄朗刚好一不小心拍到了郭慕刀的伤处，郭慕刀立刻叫了一声："老黄，你别乱拍。"

黄朗不解道:"咋啦?我这还没用力,你这小腰就不行啦。"

陈峰立马严肃道:"老黄,过来!"随后,他对黄朗耳语:"你忘了,老郭被肾移植——"

黄朗立马反应过来:"哦哦哦,不好意思,不好意思啊,老郭,一高兴,有些忘形了。"

郭慕刀笑了笑,说:"没事儿,我见到你也挺高兴的。"

陈峰道:"是这样,手续已经批下来了,我们下午三点就可以到监狱见罗谦辰。"他说着,抬起手表,看了看时间,说,"现在刚好是中午十二点,还没吃饭吧,走,带你们下馆子去!咱好好搓一顿!"

四人上了车。黄朗开车,陈峰坐副驾驶座,郭慕刀和吴克双在后座。

车子开了四十分钟,停在了江河市公安局旁边的一家餐馆门口。

黄朗扭头道:"二位,别看这馆子开在咱市局边上,那味道可是江河市里数一数二的地道,可以说是正宗的江河菜啊!"

四人下车,走进餐馆,要了一个包间。四人落座,各自点了一些菜,汇总了一下,便交给服务员上菜了。

这家店上菜速度很快,不一会儿就差不多上齐了。

大家吃着菜,开始叙旧,很快,话题就落在了罗谦辰身上。

吴克双吃着菜问:"这个罗谦辰,帮你们破了多少案子啊?"

陈峰看了看黄朗,说:"数下来,有七八个了吧。维特鲁威人案、羔羊不再沉默案、死亡游轮案、焚化炉火门案、消失的女人案、红字连载杀手案、海上密室案……反正今年一整年的案子，很多都是他帮着破的。"

吴克双道："这么多案子啊，那是挺厉害的。"

黄朗道："罗谦辰那厨子顶多算个特别顾问，也就是起了个辅助作用，关键还是咱老陈神勇无敌，案子能破主要还是老陈的功劳。"

陈峰摆了摆手，谦逊道："老黄，别老这么说，罗谦辰的指导还是起了很大作用的。"

郭慕刀吃了一口菜，道："我已经迫不及待想要见到他了。"

吃完午饭，一行人离开餐馆，上车径直朝郊外开去。一个小时后，车子来到监狱门口。陈峰向守卫亮出警察证，监狱的大门缓缓朝两侧打开，车子缓缓地开了进去。

下午三点，罗谦辰已经被安排在会见室里等候他们。陈峰和黄朗领着郭慕刀和吴克双来到会见室。

第一眼见到罗谦辰，吴克双和郭慕刀便被那强大的气场笼罩住了，仿佛整座监狱都在罗谦辰的掌控当中。他气质儒雅，深邃的眼眸仿佛巨大的黑洞，牢牢地将人吸了进去。

罗谦辰见到众人，微微一笑："各位，请坐吧。"

一行四人在罗谦辰对面坐了下来。

陈峰率先开口："罗先生，这次来，依旧是有案子想要请您帮忙。"

陈峰看了看吴克双，吴克双将卷宗的复印件递给陈峰，陈峰又递给了罗谦辰。

罗谦辰没有多说什么，开始阅读卷宗复印件。

吴克双凝视着罗谦辰阅读卷宗的样子，有些出神。他能够感觉到，仅仅通过阅读卷宗，罗谦辰就已经对凶犯的心理有了十足的把握。

十分钟后，罗谦辰将卷宗复印件轻轻合上，优雅地放在一旁，说："针对这个案子，你们现在有什么不明白的地方吗？"

他看向吴克双和郭慕刀。

吴克双感觉罗谦辰的眼神已经将他牢牢抓住，弄得他有些紧张，仿佛上警校时被导师凝视着要求回答问题一般。

吴克双重重地咽了口唾沫，回答说："我们想不明白凶手的作案动机到底是什么，以及这起案件和十三年前的葛周怡案，凶手是不是同一个人？"

罗谦辰点了点头，道："首先，可以肯定，凶手就是同一个人。至于作案动机，凶手很有可能相信某种特别的仪式。"

众人互相看了看，郭慕刀问："特别的仪式，什么意思？"

罗谦辰只是微微一笑，道："你们抓到凶手就会明白了。"

郭慕刀有些急迫地问道："关键是怎么抓到凶手呢？"

罗谦辰语气不紧不慢，微笑着说："类似的案子，以前发生过。你们可以查一下旧案，在葛周怡案之前，一定有类似的案子。"

吴克双摇了摇头，说："并没有类似的案子。"

郭慕刀道："不，老吴，我在翻阅旧案卷宗的时候，发现一起案子和这个很像。那起案子发生在葛周怡案的前一年。同样是一个十六岁的女孩遇害，女孩被大卸八块扔在了海滩上。和这起案子不同的是，尸体并没有被重新缝合。凶手当时也被抓住了，你猜凶手怎么说？他说，是那个女孩自愿的，他将女孩大卸八块，是在帮助那个女孩释放身体里的灵魂。他认为，只有被分尸，灵魂才会离开躯体，获得永生，不然就只能被禁锢在躯体里，随着躯体一起死掉。更奇怪的是，那个女孩的父亲去收尸，据说他没有将尸体火化，而是放在家里用福尔马林泡了起来……"

罗谦辰道："所以，你们已经知道凶手是谁了。"

吴克双道："难不成，就是那个女孩的爸爸？"

罗谦辰点了点头。

吴克双问："他为什么要这么做？"

罗谦辰淡淡道："抓到他，你就知道了。"

吴克双和郭慕刀离开监狱，乘坐最早的一班高铁回到了本市。回来后，两人直奔市局档案室，查找十四年前的这桩旧案。

死了的女孩名叫宋梓熙，她父亲名叫宋叶，今年五十四岁。

吴克双道："宋叶，这名字好熟悉啊，我在隆昌建筑公司当年建造华苑商场的工人名单上见到过。"

郭慕刀道："没这么巧吧，也许是重名呢。"

吴克双和郭慕刀查到宋叶的家庭住址，立刻驱车前往。宋叶的家在一个建成于二十世纪九十年代的老旧小区内，小区楼房只有六层，宋叶住在其中一栋楼的第五层。

吴克双和郭慕刀持枪来到五楼，敲了敲宋叶家的门。

无人回应。

这种老式防盗门的门锁很容易撬开，吴克双掏出警队专用的万能钥匙，大约五六秒就把门给捅开了，两人走进屋内。

这屋子的面积并不大，大约八十多平方米。

走进屋内，他们便闻到了一股福尔马林的味道，循着这个味道，他们来到里屋。

眼前的景象令他们无比震惊。只见一座巨大的水族箱内，灌满了福尔马林，里面躺着一个女人。这个女人似乎曾经被大卸八块，又被缝合了起来。

就在这时，身后传来了脚步声，吴克双和郭慕刀一回头，看到一个五十多岁的男人站在里屋门口，一脸惊诧地看着他们，随后转身就跑。

"不许动！警察！"

吴克双和郭慕刀立马追了上去，迅速将这个男人拿下。此人正是宋叶。

随后，宋叶被送到市局刑侦支队。

审讯室内，宋叶承认了一切，葛周怡案和周晓洁案都是他干的。

当吴克双和郭慕刀讯问他作案动机时，他却说出了一个令人十分费解且毛骨悚然的动机。他问："你们相信灵魂存在吗？"

吴克双道："灵魂？唯物主义告诉我们，这个世界是物质的，并不存在所谓的灵魂。"

宋叶笑了笑，说："可是我相信。十四年前，我女儿被人大卸八块，放走了灵魂。"

郭慕刀道："十四年前，那个杀你女儿的凶手也是这么说的，这是他的作案动机。"

宋叶点了点头，道："我相信他说的话。他放走了我女儿的灵魂。但是，我希望女儿能够活过来。于是，我没有将女儿火化，而是细心地将她的遗体缝合起来，泡在福尔马林池里防止她腐烂。"

吴克双咬着牙问："那你杀害葛周怡的目的是什么？"

宋叶道："十三年前那个女孩儿？我觉得她和我女儿长得特别像，我想她们的灵魂也是相似的。于是，我杀了她，将她大卸八块，释放了她的灵魂，而她的灵魂会附着到我女儿的身体里，我女儿就能复活了。"

吴克双道："荒唐！世界上根本不存在灵魂，你女儿也不会因此复活！况且，按照你的逻辑，那是别人的灵魂，即便复活，也不是你女儿。"

宋叶道："我相信某个哲学理论，灵魂是不带记忆的，记忆储存在人的大脑中。大脑就像是硬盘，灵魂就是操作系统。我只不过是将一个操作系统安装进了我女儿的身体里，只要大脑里储存的记忆是我女儿的，那么醒过来的就是我女儿。"

吴克双无语。

郭慕刀问："按照你说的，你将死者大卸八块，又将死者的尸体缝合，是什么意思？"

宋叶回答说："灵魂释放出来，为了防止灵魂再回到那个女孩的身体里，我必须尽快将遗体缝合。"

吴克双道："都什么乱七八糟的？你简直疯了！"

宋叶道："但我确实做到了，我女儿很快就醒了过来，我每天都在福尔马林池边和她交流。"

吴克双厉声道："那是你的幻觉，死人是不可能和你说话的！"

宋叶没有理会吴克双，自顾自道："可是前不久，我女儿不再和我说话了，我知道，她的寿命到了，需要新的灵魂来补充。我四处寻找，终于又找到了一个和我女儿长得相似的女孩儿。"

郭慕刀道："所以，这就是你时隔十三年再度作案的动机了？"

宋叶点了点头，道："是的。"他突然想到了什么，说，"你们前段时间把商场埋尸案给破了？"

吴克双问："为什么突然提这个？"

宋叶笑了笑，说："你们真的确定杀害徐洪兵的凶手就是赵树人吗？"

吴克双道："你很关注这个案子？"

宋叶道："有个新的线索，我想告诉你们。"

吴克双道："你说。"

宋叶道："十年前，我曾经是隆昌建筑公司的一名建筑工人。在华苑商场的建筑工地，那天晚上，我不仅看到了赵树人和许文杰将徐洪兵的尸体埋进商场的地基里，我还曾看到一个人悄悄离开了工地。"

吴克双问："谁？"

宋叶说出了那个名字："张素娟！"

吴克双惊道："你说什么！徐洪兵的妻子张素娟，当天也在场？"

宋叶点了点头，道："是的，我亲眼所见。"

郭慕刀问："会不会是你看错了？"

宋叶摇了摇头，说："徐洪兵以前请我们工人吃饭的时候，张素娟好几次都在场，我记忆很深刻，不会认错的。"

郭慕刀问："你看到了这些，为什么不报警……"

刚问完，郭慕刀就意识到自己问了个很傻的问题。

宋叶回答说："我有命案在身啊，我向警方报案，那不等于自投罗网吗？"

吴克双还是不愿相信，道："你有什么证据能够证明张素娟当时在场吗？"

宋叶道："当时，我特地拍了照片，照片中不仅有赵树人和许文杰连夜埋尸，张素娟也在同一张照片里。照片就在我书房书桌的第一个抽屉里，你们现在就可以去找，足以证明我说的话。"

吴克双和郭慕刀立即回到宋叶家中，在书桌的抽屉里找到了宋叶说的那张照片。

照片中，的确可以看到赵树人和许文杰正抬着一具尸体走向地基，而地基的另一侧，一个疑似张素娟的女人正朝工地后门走去。

第二十九章　最后的真相

当天晚上，吴克双梦到葛周怡了。两人在海滩上见面，葛周怡对他说："谢谢你！谢谢你帮我抓住了凶手！"随后，葛周怡便化作幻影，随风消散了。

梦醒后，吴克双感觉眼角有泪痕。他哭了。

他揉揉眼睛，看了看时间，已经早上七点了，于是立马起床，推开门。门外，郭慕刀正在做早餐。

两人吃过早餐，直奔市局。上午十点，两人离开市局，前往监狱。他们此行的目的，是去见被判处无期徒刑正在服刑的许文杰。

监狱的提审室里，吴克双亮出了照片。

许文杰身子一颤，低下了头。

吴克双道："许文杰，那天晚上，到底发生了什么，为什么张素娟会在场？"

许文杰深吸一口气，道："事到如今，我也没什么可隐瞒的了，既然你们想听故事，那我就给你们讲一讲吧。"

十三年前，隆昌建筑公司的年会上，徐洪兵带着妻子张素娟参加了年会。那天年会现场大家都喝多了，所有人都沉浸在即将过年的欢乐氛围中。

当时，作为公司财务的许文杰对张素娟萌生了一些好感，于是趁着徐洪兵醉酒，主动上去搭讪。

"徐太太，敬你一杯！"许文杰端着一杯白酒，凑上去，坐在了张素娟身旁。

张素娟微笑着和许文杰碰了碰杯，微微喝了一口白酒，咳嗽起来："哎呀，我这，不好意思，我不太擅长喝这个。"

许文杰笑了笑，说："没事儿，没事儿。"说着，他给张素娟倒了一杯果汁。

两人攀谈起来。当时，许文杰就对张素娟的一举一动着迷，尽管他知道张素娟已为人妇。

聊着聊着，张素娟竟然吐槽起自己的老公徐洪兵来："洪兵这个人啊，平常也没什么本事，当个项目监理，还一板一眼的，一点油水都捞不着。忙就忙，还经常不着家，家里孩子学习他也不管，吃穿用度也全靠我那个小卖部维持着。有时候吧，我真是不想再和他继续过下去了。"

许文杰假装给徐洪兵说话："这老徐啊，他是这样，哪儿都好，就是做事认真，有点轴！"

张素娟点了点头，道："你说得没错，就是轴，脑子一根筋，不知道变通。也不知道他平常在你们公司里是怎么混下去的。总之啊，我和他没什么话说，根本聊不到一块儿去。"

审讯室里，许文杰说："那时候我就知道，张素娟和徐洪兵之间没什么感情。张素娟觉得徐洪兵这人太老实，太无趣。两个人在家里经常吵架，有时候吵着吵着就动起手来。张素娟一直闹着要跟徐洪兵离婚，总之十分不合。"

郭慕刀道："所以，你就利用这一点，乘虚而入？"

许文杰点了点头，道："是的，那段时间，我们很聊得来。哪知道，赵树人也看上了她。于是，她就在我和老赵之间纠缠不清。这种状态一直持续了三年，直到十年前的那个雨夜……"

那个雨夜，晚上九点，许文杰和赵树人正在办公室里为张素娟争吵不休，赵树人的手机突然响了起来。

是张素娟打来的，电话中她急切地说："老赵，出事儿了，出事儿了。"

赵树人问："素娟，别急，出什么事儿了？"

张素娟急忙道："你快来工地，到徐洪兵的办公室来一趟！"

赵树人问："你和老徐又吵架了？"

张素娟道："你快来就是了！"

随后，赵树人和许文杰快步来到徐洪兵的办公室，敲了敲门。

"谁呀？"门内传来张素娟故作镇定的声音。

赵树人道："是我，我和老许。"

门打开了，张素娟头发蓬乱地站在门后，整个人失魂落魄，眼圈都是红肿的。

一进办公室，赵树人和许文杰便看到徐洪兵倒在地上，一旁的茅台酒瓶碎了一地，血不停地从徐洪兵的后脑勺涌出来。

赵树人摸了摸徐洪兵的脉搏，一惊，他感觉浑身发麻："死，死了。"

一旁的许文杰也是倒吸一口凉气，问张素娟："这到底是怎么一回事儿啊？"

只见张素娟大口大口地喘息起来，她的哮喘又犯了，她从荷包里掏出药物喷雾器，对着嘴巴用力喷了两下，好一会儿才好转过来。

她深吸一口气，说："我又和他吵架了，吵着吵着，就动起手来，然后我就抄起桌上的酒瓶，砸了他的后脑勺，然后……然后他就……就倒在地上不起来了。"说罢，张素娟蹲在地上，哭了起来，"怎么办，该怎么办？我杀了人，要偿命的！该怎么办，我该怎么办啊？"

赵树人蹲下身，安抚张素娟道："素娟，你别着急。你现在就回家，趁着没人看见，赶紧回家。回家后，假装什么都不知道，过两天你去报警，就说徐洪兵失踪了，放心，我和老许会安排好一切，警察不会怀疑到你头上。"

张素娟点点头，快步离开了工地。

赵树人道："别愣着了，快搭把手！"

随后，赵树人和许文杰一起，抬着徐洪兵的尸体，在夜色的掩护下，进入华苑商场的施工场地，然后启动推土机，将徐洪兵的尸体掩埋了。

审讯室里，许文杰说："之后，为了让徐洪兵的失踪合理化，我和老赵伪造了徐洪兵挪用公款的证据，汇报到了董事长那里。董事长报了警。就这样，在我们的精心操作下，徐洪兵变成了因挪用公款而畏罪潜逃。"

吴克双不解道："既然杀死徐洪兵的是张素娟，为什么面对法律的制裁，你们都不肯承认这一点？张素娟已经死了，你们说出真相，量刑的结果就大不相同了！"

许文杰道："我和赵树人商量过，我们的决定是，即便我们被抓了，也要把罪名揽在自己头上。即便张素娟已经去世了，我们也不希望她担上杀人犯的罪名。这是我们对她最后的守护！"

吴克双道："可你现在还是说出了真相。即便是看到了照片，你也完全可以搪塞过去。"

许文杰苦笑："也许是我的意志没有老赵那么坚定吧。这段时间，我在监狱里想明白了很多事情，没必要为了一个女人的名声而毁了自己。这段时间，我一直在等你们来找我，我知道你们迟早会来的。"

郭慕刀摇了摇头："即便如此，还是说不通。既然赵树人如此深爱张素娟，为什么会雇凶去杀害张素娟的女儿徐胜男呢？"

许文杰道："因为是徐胜男害死了张素娟。"

郭慕刀和吴克双面面相觑。

吴克双问："你说徐胜男害死了张素娟，这又是怎么回事？"

许文杰道："张素娟是因为和徐胜男吵架，哮喘发作而死的……"

当时，张素娟一直要求徐胜男不要再给公安局写信追查父亲的下落，但是徐胜男不听，两人因为这件事吵了起来。

徐胜男冲着母亲大吼道："妈，你为什么不让我查我爸的失踪？"

张素娟自然不能说出真相，只能说："你爸挪用公款畏罪潜逃，这是警方都认定的事情，还有什么可查的？"

徐胜男声嘶力竭道："妈，我相信我爸是无辜的！他是被人陷害的！"

张素娟也吼起来："我说了，不要再查了！"

徐胜男哭了出来："妈，你根本一点都不爱我爸！"

徐胜男和张素娟越吵越厉害，徐胜男摔门而去。门内，张素娟哮喘病犯了，大口大口地想要呼吸，但就是喘不过气来。她四处摸索，想要找到药物喷雾器，可是怎么也找不到。

因为当时，喷雾器在徐胜男身上，她因为负气离开了家。

就这样，张素娟倒在地上，彻底喘不过气来，最终窒息而死。

审讯室里，许文杰道："正因为得知了这件事，赵树人才认为是徐胜男害死了张素娟，再加上徐胜男一直在追查徐洪兵的死，于是赵树人雇了杀手，杀了徐胜男。"

吴克双问："可是，这件事情，赵树人是怎么知道的？"

许文杰回答："赵树人一直在密切关注着徐胜男的博客，就在徐胜男出事前不久，赵树人买通红星公司获得了后台权限，看到了徐胜男的私密博客。徐胜男在私密博客中记录了这一切，表达了自己对母亲死亡的愧疚。赵树人正是因为看到了这个，才最终怒不可遏，于是雇了凶手，去杀害徐胜男。杀害罗森，则是为了防止埋尸的事情败露。"

第三十章　休戚与共

商场埋尸案终于彻底告破。吴克双和郭慕刀向局里请了年假，决定去丽江度假。去丽江的前一天晚上，在郭慕刀的强烈要求下，吴克双和他一起来到了 HOLA 酒吧。

"说好了啊，你不许喝酒，只准喝无酒精饮料！"进酒吧之前，吴克双反复强调。

郭慕刀笑着说："好好好，都听你的，行了吧？"

吴克双点了点头，道："这还差不多。"

随后，两个人走进 HOLA 酒吧。吧台后面，调酒师郑可心见到吴克双和郭慕刀同时到来，拍了拍手，道："哎哟喂，郭大警官怎么舍得带男朋友，啊不，带男性朋友一起来咱酒吧了呀？"

郭慕刀道："去去去，老吴，你又不是不认识。"

郭慕刀和吴克双坐在了吧台前。

郑可心擦着杯子道："二位警官，喝点什么？"

郭慕刀道："来杯茶吧。"

郑可心哈哈一笑，道："怎么，气管炎犯了，不喝酒，改喝茶了？"

郭慕刀痞坏地给郑可心抛了个媚眼："'长岛冰茶'。"

郑可心打了个 OK 的手势："秒懂！"

"长岛冰茶"可不是茶，是一款酒精度数中等的酒精鸡尾酒。郭慕刀这是欺负吴克双不常来酒吧，不知道这一点，居然蒙混过关了。

吴克双看了看酒单："我也不知道喝点啥，不如就和他一样吧。"

郭慕刀怕露馅儿，立马说："欸欸欸，老吴，你这也太没创意了吧，和我喝一样的怎么能行？不如来杯'血腥玛丽'如何，我觉得很适合你！"

吴克双道："什么'超级玛丽'？"

郑可心道："是'血腥玛丽'，客人点得可多了。"

吴克双犹豫了片刻，说："行吧，那就'血腥玛丽'吧。"

片刻后，两杯酒都送了上来。

郭慕刀喝了一口"长岛冰茶"，回头看了一眼舞台，问郑可心道："今天怎么没人唱歌啊？"

郑可心道："最近老板要开源节流，说白了就是省钱。"

郭慕刀指了指舞台，问郑可心道："我能上去唱两首吗？"

郑可心耸了耸肩，道："你随意。"

郭慕刀跳上舞台，在机器上点了一首《我的好兄弟》："这首歌，献给我的好兄弟，老吴！"

随后，郭慕刀唱了起来。

郑可心一边听，一边摇头晃脑，对吴克双说："欸，你这大兄弟，唱歌还蛮不错的嘛。要不让他别干警察了，来我们酒吧驻唱得了，保准比干警察赚钱。"

吴克双回头看了一眼郭慕刀，道："他呀，除了当警察，就不愿意干别的。"

郭慕刀唱完这首歌，又点了一首很嗨的摇滚乐，唱着唱着，突然，音乐声中断。郭慕刀整个人像突然软掉了，晕倒在舞台上。

"老郭！"

吴克双立马冲上舞台，一把搂住昏迷不醒的郭慕刀，拍着他的脸，道："老郭！老郭！快醒醒！快醒醒！"

身后，郑可心跑过来担忧道："哎呀，他这是怎么回事儿，怎么突然就晕倒了？"

吴克双抱起郭慕刀，冲出了 HOLA 酒吧，驱车直奔医院。

抵达医院后，吴克双抱着郭慕刀冲进急诊大厅，大喊着："医生！医生！医生！"

医护人员立马赶了过来："什么情况？"

吴克双道："我兄弟突然晕倒了！"

医护人员拖来担架，将郭慕刀送进了急救室。

吴克双在急救室外焦急地等待着，大约一小时后，医生朝吴克双走过来，道："他只有一颗肾？"

吴克双点了点头："是的，他做过肾移植手术。"

医生道："我们刚检查过，他唯一的这颗肾受了感染，已经不行了。"

吴克双紧张道:"不行了是什么意思?"

医生叹了口气,说:"尿毒症,需要换肾。"

听到医生的回答,吴克双的脑子一下子炸开了。

两小时后,郭慕刀从病床上醒过来,吴克双道:"你醒啦!"

郭慕刀点了点头,有些虚弱道:"我这是怎么了,怎么会在医院?"

吴克双一时不知道该不该把郭慕刀的病情告诉他,只是说:"没什么,你可能是太累了吧。"

郭慕刀笑了起来:"别骗我了,老吴,我自己的身体我还能不知道?我那颗肾出问题了,对不对?"

吴克双愣了一下,点了点头,没有说话。

郭慕刀叹了口气,说:"我早就知道不行了,一直硬撑着呢。本来想撑到咱们从丽江回来,可惜还是没坚持住。不好意思啊,老吴,这丽江,咱去不成了。"

吴克双急得眼圈都红了:"老郭,别胡说!你会没事儿的!"

郭慕刀打了个哈欠,说:"太累了,我再睡会儿。"

说着,郭慕刀闭上眼睛,睡了过去。

吴克双立马冲出病房,发疯似的找到医生:"医生、医生,该怎么办?你得想办法救救他!"

医生道:"必须找到匹配的肾源才行,还得有人愿意捐出自己的肾。"

吴克双想都没想就说:"医生,测一下我和他的肾,我愿意把我的肾捐献给他！"

医生对吴克双的肾型和郭慕刀的进行了测试，最终惊喜地发现，吴克双的肾和郭慕刀的是匹配的。

吴克双欣喜若狂地回到病房，等待郭慕刀再次醒来，吴克双道："老郭，有救了，你有救了。"

郭慕刀微笑着说："老吴，你又骗我。"

吴克双道："不是骗你，是真的有救了。我的肾，和你的是匹配的！我可以把我的一颗肾捐给你，这样你就得救了！"

郭慕刀听罢，突然咳嗽起来："不行，绝对不行，老吴，你不能把你的肾给我！绝对不可以！"

吴克双握住郭慕刀的手，道："你听着，你是这个世界上除了我妈之外，我最珍视的人，你就是我的家人，我不能失去你！绝对不能！你只有活着，我才能活下去！"

郭慕刀听罢，感动得哭了出来。

在吴克双的劝说下，郭慕刀最终同意在知情同意书上签字。

手术也顺利进行了。

在手术中，吴克双反复梦到父亲吴军。他已经失去了父亲，不能再失去兄弟！

吴克双的右肾被顺利地移植到郭慕刀的身体里，从此两个人命运休戚与共。

两个月后，吴克双和郭慕刀出院。恢复得差不多之后，两人还是去了丽江。这一趟，他们居住在丽江古城的客栈里，白天推开客栈的窗户，就可以看到蓝天白云以及远处的玉龙雪山。

他们真的去爬了玉龙雪山。首先乘坐缆车抵达一个海拔四千多米的平台，然后顺着平台的栈道往上爬。

尽管带了氧气瓶，郭慕刀还是有些高原反应。吴克双就搀扶着郭慕刀向上爬。最终，两人到了栈道的最高点，一起掏出手机，靠在一起合了张影。

下了山，回到丽江市区，他们又去吃了丽江出名的菌菇汤。之后，两个人还在丽江古城里迷了路，找了两个小时的路才回到客栈。

他们相互之间还开玩笑说，这要是抓贼，贼没抓着，倒先把自己给绕进去了。

在丽江玩了一个星期，两人正准备愉快地返程，郭慕刀突然接到了一个电话，是越国与我国边境的一座小城的派出所打来的。

派出所民警道："是郭慕刀郭警官吧？"

郭慕刀回答说："是我，怎么了？"

派出所民警道："你父亲是不是叫郭锋春？"

在郭慕刀的记忆里，自己的父亲叫郭西南，但是，他也曾听母亲提起过郭锋春这个名字，母亲在喝多了之后会大喊："郭锋春，你个王八蛋，你躲到哪里去了？"

郭慕刀一下子反应过来，回答说："是啊，是叫郭锋春。"

派出所民警道："我们找到你爸了！"

郭慕刀和吴克双立即乘火车赶往那座城市，来到了派出所。

派出所的民警将一个骨灰盒递给郭慕刀："郭警官，这是你父亲的骨灰，请收好。"

郭慕刀问："他是怎么死的？"

民警道："是这样的，你父亲这么些年，一直在越国，被强迫劳动。"

郭慕刀道："强迫劳动，怎么回事儿？"

民警耐心解释说："在越国，有个组织叫宫邦，专门骗我们国内的一些人员去打工，实际上就是强制劳动，不给薪水的那种。他们把人扣留在那里，榨取劳动力，不让走。前不久，你父亲从那个地方逃了出来，他辗转联系上了大使馆，回到国内，找到了我们。但是，他找到我们的时候，身体已经不行了，患上了癌症，一周前去世了。他一直说要找到你。由于他没有身份证，甚至忘记了自己的家庭住址，只说要找刘雪丽。我们辗转查到刘雪丽这个人，发现已经死亡，但是有个儿子还活着，叫郭慕刀，也就是郭警官你了。我们已经将你父亲的遗体代为火化，请你收好。"

郭慕刀领了骨灰盒，他感觉这骨灰盒沉甸甸的，如同他的心情一样。没想到，他再次和父亲见面，是这样一个情形。

郭慕刀和吴克双一起离开那座城市，回到了本市，之后去了公墓，将父亲的骨灰下葬了。

灰白色的天光下，冷风吹过一座又一座墓碑。郭慕刀双拳紧握，他能够想象得出这些年父亲到底经历了多少苦难。

宫邦，这个组织依旧存在！

这个组织，依旧在欺骗国人前往越国，然后遭遇和郭锋春相同的非人经历。

"你真的决定了？"

市公安局局长办公室里，郑常来如此问道："你真的决定再次继续卧底生涯？"

"我决定了！"郭慕刀坚决道，"我请求进入宫邦组织，进行卧底，彻底瓦解这个组织！"

郑常来道："给我一个理由！"

郭慕刀回答说："为了我的父亲，为了千千万万受骗上当的国人！为了我所坚守的信念！最关键的是，我是一名人民警察，和一切黑暗对抗是我的职责！哪怕赴汤蹈火，也要和黑恶势力战斗到底，这是我的决心！"

郑常来肯定地点了点头，道："很好，为了你的这份信念，我批准你前往越国宫邦组织，长期卧底，直到瓦解这个组织为止！"

（本书完）

图书在版编目（CIP）数据

双刀：隐没的遗骸 / 方洋著 . — 北京：北京联合
出版公司，2023.7

　ISBN 978-7-5596-6641-3

　Ⅰ . ①双… Ⅱ . ①方… Ⅲ . ①长篇小说－中国－当代
Ⅳ . ① I247.5

　中国国家版本馆 CIP 数据核字 (2023) 第 025411 号

双刀：隐没的遗骸

作　　者：方　洋
出 品 人：赵红仕
策　　划：牧神文化
责任编辑：李艳芬
特约编辑：华斯比
美术编辑：陈雪莲
封面绘图：知更鸟

北京联合出版公司出版
（北京市西城区德外大 83 号楼 9 层　100088）
北京联合天畅文化传播公司发行
上海盛通时代印刷有限公司印刷　新华书店经销
字数 162 千字　890 毫米 ×1240 毫米　1/32　7.875 印张
2023 年 7 月第 1 版　2023 年 7 月第 1 次印刷
ISBN 978-7-5596-6641-3
定价：56.00 元